財神門徒

之18

財神歸位

大結局

劉晉成 著

財神門徒

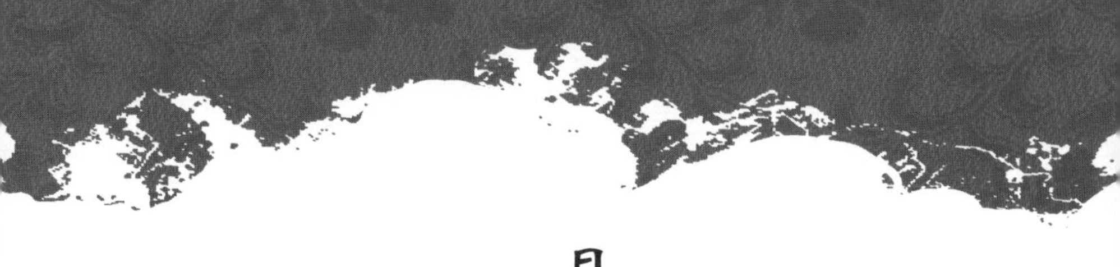

目錄

第一章

桀驁不馴的野馬

第一個回合下來，讓林東知道陳昕薇不是那麼好收服的，
她就像是一匹桀驁不馴的野馬，
能否將其馴服為良駒，就看他這個馭手的本事怎麼樣了。
偉大領袖說過：與地鬥，其樂無窮；
與天鬥，其樂無窮；與人鬥，其樂無窮！

林東鑽進了車裏，渾身濕透，索性將上身的襯衫脫了下來，擰了擰，然後擦了擦頭髮上的雨水，這才啟動車子，慢慢從江小媚家的樓下駛離。

第二天，林東一直睡到中午才醒。醒來一看手機，有幾條未接電話和簡訊。

穆倩紅給他打來了兩個電話，因為睡得太沉，他完全沒有聽見。林東先讀了簡訊，是江小媚發來的。

「林總，飛機就要起飛了。感謝你昨晚幫我搬東西，今天的天氣很好，我的心情也不錯。這次一別，還不知道以後什麼時候再見，如果在歐洲發現了離不開的地方，那麼我可能就會在那邊定居了。最後，祝你心想事成，事業興旺。」

林東一字一句反覆讀了幾遍，不禁一笑，看來江小媚也是釋懷了。這樣的結果無疑是他最樂意看到的。

林東連忙給穆倩紅打了個電話，電話很快就接通了。

「倩紅，送走她們了？」

穆倩紅從林東的聲音聽出來他是剛睡醒，以不帶任何感情的聲音說道：「兩個小時之前，她們乘坐的飛機就起飛了。」

林東問道：「沒發生什麼情況吧？」

穆倩紅道：「江小媚哭得很傷心！唉，在機場她那麼哭，害得我都丟了幾滴眼淚。我發現我以前還真是不了解她，原以為她是個很冷靜很理智的女人，沒想到也有如此傷心痛哭的時候。」

穆倩紅被江小媚的情緒所感染，同為女人，她如何看不出江小媚為什麼會哭得那麼傷心。除了情傷，恐怕世上再沒別的事情可以讓那麼一個理性的女人如此不顧形象的慟哭了。她同情江小媚，也可憐自己，同樣暗戀一個不可能的男人，所以話才多了些，把江小媚在機場的情況仔細說給了林東聽。

林東沉默了一會兒，他知道江小媚為什麼會哭，這其中的原因肯定少不了他，心中不免有些懊悔，不該睡過了頭，應該送她一程的，若是她真的要在歐洲定居，恐怕昨晚一別就成了二人之間的永別了，但定心冷靜一想，去送了她又能如何，不給她希望就等同於給她絕望，豈不是傷害她更深。

「倩紅，辛苦你了，先這樣吧。」

林東掛斷了電話，仰面倒在床上，怔怔的看著房頂的吊燈，好一會兒才打起精神下了床。

已經將江小媚和關曉柔送到了國外，解除了後顧之憂，接下來，就到了與金河谷清算的時候了。

洗了個澡，林東換上嶄新的西褲和紫色的豎紋襯衫，站在巨大的穿衣鏡前端詳了一下，不禁一笑，鏡中的自己，真是越來越帥了，下巴上的一撮黑色的鬍渣，令他看上去更加成熟，更加有男人味。

林東給老家打了個電話，家裏沒有人接，只好打給隔壁的二嬸家裏，一問才知父親閑不住，被村裏的一戶人家請去造房子去了。林東告訴二嬸，讓她看到林父回來的時候讓林父給他打個電話，他的婚禮在即，這老頭還跑去給人造房子，肯定又是抹不開臉面，有人來請就答應了。

開車去了東華娛樂公司，一進公司辦公大樓，便有不少工作人員過來和他打招呼，這些面孔他都很陌生，一個都不認識，而這些人卻都認識他，看來他接替高倩來管理公司的消息已經傳開了。

來到辦公室，看到陳昕薇正坐在辦公桌上吃飯。陳昕薇基本不在公司的餐廳吃飯，一般都是吃她媽媽為她準備的飯菜，辦公室裏有微波爐，她拿出來熱一熱便可吃了。

林東聞到一陣菜香，才覺得自己餓了，自打昨晚吃過晚飯到現在，他是滴水未進。

「陳秘書，麻煩你替我準備一份午餐，謝謝。」

想起陳昕薇高傲的姿態，林東心裏不禁一笑，心道：「就讓你做一些秘書該做的事。」

陳昕薇嘴裏叼著水晶蝦，微微一愣，她雖然是秘書，以前可從未做過買飯這種事情，不禁心生怒火，重重的把手裏的飯盒放在了辦公桌上。

林東才不管她樂不樂意，哼著小調進了裏間的辦公室。

他剛泡好一杯茶，就見陳昕薇走了進來，依然是一副氣鼓鼓的樣子。

「林總，請問你要吃什麼？」

林東笑道：「我看你吃的那就不錯，挺香的，給我買一份同樣的吧。」

陳昕薇瞪圓了杏眼，從飯盒一看就知道那不是從外面買的，憤怒交加，恨不得指著林東的鼻子破口大罵，但想到對這個公司的感情，只能強迫自己壓住心中的火氣，深吸了一口氣，緩緩說道：「不好意思林總，我吃的是我媽媽為我做的，外面買不到。」

林東撓了撓頭，「這樣啊，那就算了。陳秘書，其實我不挑食的，只要不是甜的，我都可以。哎呀，你知不知道，我是吃不下一點帶甜味的菜的。」

陳昕薇點了點頭，一句話沒說就離開了他的辦公室，溪州市的菜最大的特色就是甜，這傢伙不要吃甜的，居然還敢說不挑食。陳昕薇美麗的臉龐上浮現出一絲冷笑，心道：「哼，禮尚往來，你捉弄我，看我怎麼捉弄你。」

陳昕薇在電梯裏碰到了一個女同事，名叫張寧，二人私下裏是好朋友的關係。

張寧一眼就看出來陳昕薇的心情不好，笑問道：「怎麼了，是不是那幾個追求者又煩你了？」

陳昕薇跺了跺腳，「比那個還煩人啊！」

張寧覺得有八卦可挖，連忙問道：「快說說，什麼情況？」

「那個新來的傢伙，他要我大熱天的出去給他買飯呀，他把我當保姆了不成，氣死我了！」陳昕薇一臉的委屈，氣得直跺腳，高跟鞋的鞋跟撞上電梯的大理石，發出「咔咔」的噪音。

張寧捂著耳朵，她還從未見過陳昕薇那麼生氣，「喂，別鬧了，小心把電梯踩壞了。」

陳昕薇發了一通火氣，這才消停下來，雙臂抱在胸前，面無表情的看著電梯的門，秀目之中寒光四射。

「喂，我的大秘書，你可別胡來啊，他畢竟是咱們的老闆，得罪了他，你會有好日子過嗎？要我說，你就看在高總的面子上，別跟他鬥氣，過一天算一天。實在不想在他手底下工作，那就跳槽唄，反正等著請你的公司多得是。」

張寧見陳昕薇的神態不大對勁，害怕她做出什麼出格的事情，趕忙勸道。

電梯到了一樓，門一打開，陳昕薇就邁步走了出去，等走到馬路上，毒辣辣的陽光照在身上，才發現忘了帶傘，心裏又是一陣氣。正午戶外的氣溫接近四十度，馬路上的溫度更高，柏油鋪就的路面都被火熱的天陽曬得發軟，暑氣蒸人，正是一天當中紫外線最強烈的時候。

陳昕薇何時受過這種罪，拿手遮住額頭，擋住刺眼的陽光，往前走了沒幾分鐘，就覺得頭暈目眩，兩腿發軟，似乎快要中暑了。

好不容易撐到街口的一家快餐店，推門走了進去，跑到空調前面對著冷氣吹了吹才算緩過神來，頭腦清醒了許多。

她走到窗口前看了看，問道：「大姐，你們這兒的菜甜不甜啊？」

中年婦女聽出她是溪州市本地人的口音，笑道：「甜，我們廚子都是本地的，美女，包你滿意，要不要嘗嘗？」

陳昕薇嘗了一片藕，果然是正宗的溪州特色，心中竊喜，「林東啊林東，你不吃甜的，我騙讓你甜個夠，甜的膩死你！」

「大姐，給我拿一份西紅柿炒蛋、甜藕和糖醋排骨。對了，再來一份紅燒甜肉。」

陳昕薇提著為林東精心準備的午餐，心中不免一陣得意，步履輕快了許多，也不覺得路有多難走，很快就進了公司的大樓。乘電梯到了頂樓，陳昕薇已經在腦海裏想像當林東見到這幾樣菜時憤怒的表情了。

陳昕薇推開了林東辦公室的門，見到他正伏案看著文件，拎著盒飯送了過去，「林總，你要的午餐我給你買來了。」

林東放下了文件，雙手接下了陳昕薇送來的盒飯，咽了咽口水，實在是太餓了，肚子已經不爭氣的咕咕直叫了。

陳昕薇並沒有立即離開，而是站在那兒，等著看林東生氣憤怒的表情。

打開盒飯，見到居然是這幾道菜，林東眉頭微微一蹙，轉瞬便知道這是陳昕薇故意跟他作對，心想這倒真是有意思，接手汪海的亨通地產的時候，也有不少人跟他對著幹，不過那都是在背地裏，還從來沒有一個像陳昕薇這樣明刀明槍的。生氣之餘，林東倒也認為陳昕薇是個直白坦率的人，這樣的人往往是最忠誠的，前提是你得收服她。

見林東久久沒下筷子，陳昕薇就在心裏偷笑了起來，知道她的苦心沒白費，反擊成功！

「林總，是不是不大合你的胃口？我去得晚了，那家店就剩這幾個菜了。」陳昕薇為自己找了個藉口，把責任推了個乾淨。

林東抬起頭，哈哈笑了起來，「怎麼會呢，這幾道菜不知道多合我的胃口。」夾了一筷子西紅柿放進嘴裏，林東一邊嚼一邊點頭，裝出很滿意的樣子。除他自己，別人很難看出他是硬著頭皮往下咽。江南的菜肴向來偏甜，把糖當鹽用，溪州市的菜比起蘇城，不僅甜而且膩。大學四年，加上畢業後這幾年，說起來林東在江南已經生活了好幾個年頭，但一直都未能習慣這邊的口味。一頓飯不吃也就罷了，但要他吃一頓讓自己噁心的飯菜，那可真是難為了他。

陳昕薇似乎並沒有意思離開林東的辦公室，她要看著林東把這些東西全部都吃完，這樣才能一解心頭之恨。

「哎呀，辦公室有點亂了，都怪我，早上太忙就忘了收拾了。林總，你吃飯，別管我，我來收拾一下。」

林東心中暗罵，看來是低估了陳昕薇，這個女人是得勢就不饒人啊，西紅柿炒蛋他能吃下去，甜藕也能勉強吃下去，而糖醋排骨和紅燒甜肉這種甜的葷菜他是勉強也吃不下去的。

林東把米飯吃完，就不吃了，摸了摸肚子，笑道：「哎呀，飽了。陳秘書，下次別買那麼多了，我吃不下這麼些的。你看都浪費了，多可惜。我是農民的兒子啊，祖祖輩輩都跟黃土地打交道，最看不下的就是浪費食物了。」

林東一邊說著，一邊把飯盒放進塑料袋裏裝好，然後扔進了垃圾簍裏。

陳昕薇知道沒戲可看了，找了個藉口就離開了林東的辦公室。

這場交鋒沒有贏家，兩人都是輸家。

第一個回合下來，讓林東知道陳昕薇不是那麼好收服的，她就像是一匹桀驁不馴的野馬，能否將其馴服為良駒，就看他這個馭手的本事怎麼樣了。偉大領袖說過：與地鬥，其樂無窮；與天鬥，其樂無窮；與人鬥，其樂無窮！

他從高倩手裏接過東華公司的管理權，說白了，就是要與人鬥，這包括不服他的下屬和虎視眈眈的競爭對手。在辦公室裏坐了一個下午，林東將要陳昕薇搜集的資料全部看了一遍，有過管理兩家公司的經驗，林東將這些資料看了一遍之後便找出了不少問題，而他就要利用這些問題做一些文章。

「陳秘書，進來一下。」

林東按了一下桌上的話機，很快陳昕薇就出現在了他的面前。

「林總，有什麼吩咐？」

林東把一份報表抽了出來，交給了陳昕薇，「這份財務報表，你交給財務部的屈陽，我畫圈的地方需要他解釋清楚。」

陳昕薇低頭看了一眼手中的這份財務報表，她實在看不出有什麼問題，心想這傢伙才第二次來公司，能知道什麼情況，多半是虛張聲勢，嚇唬人的。況且財務處的屈陽是東華的老人了，口碑向來不差。陳昕薇相信屈陽不會有什麼問題，已主觀判斷林東這是故意找碴，或許該提醒屈陽一下，要他不要害怕。

「還有什麼吩咐嗎，林總？」

林東揮揮手，「沒了，明天上午，你讓屈陽過來。」

辦公桌的櫃子裏還放著幾份資料，都是他發現的問題，算是比較嚴重的了。這也讓他意識到，在東華的內部，的確是有一部分蛀蟲在阻礙公司的發展，若是這些蛀蟲不能痛下決心改變，那他就只好祭起屠刀，開除掉一些人。那樣做或許會有些陣痛，但總好過公司被那些蛀蟲漸漸侵噬至敗壞要好。不過現階段的情況並不適宜動大手術，林東還是希望本著治病救人的態度，給予適當的警告，讓那些人自己管好手腳。

陳昕薇拿著資料去找屈陽，財務處在四樓，到了那裏，屈陽正好在辦公室，見她進來，喜出望外。

「哎呀，什麼風把陳大美人吹來了，快請進。」

屈陽忙站起來給陳昕薇泡茶。

「老屈，不要忙了，我不喝，馬上就得走了。」

聽了這話，屈陽就沒泡茶，給陳昕薇倒了杯熱水，「怎麼，找我有事？」

陳昕薇把那份報表遞給了屈陽，「不是我找你有事，是樓上的那位。老屈，這是他讓我送給你的，看到畫圈的地方了嗎？」

這些報表都是出自屈陽之手，看到畫圈的地方，屈陽的背後立時滲出了冷汗，心道不好，這回可麻煩了。

「老屈，喂！」

見屈陽不說話，暗自出神，陳昕薇忍不住叫了他一聲。

「嗯。」

屈陽略顯慌張的抬起了頭，「我在看報表呢。」

陳昕薇站了起來，「我樓上還有事情要處理，這就得走了。老屈啊，你別害怕，我看那傢伙就是唬你的，你可千萬別上當啊！」

屈陽點了點頭，笑得有些不太自然，額頭已開始往外冒汗了，「陳祕書啊，上面有什麼情況你可得及時通知我，掌握最新的訊息，我才能做出相應的行動。」

陳昕薇不知道屈陽這是心虛，把他當做自己這一方戰線上的盟友，笑著說道：「你放心，有訊息我一定會通知你。忙著吧，我走了。」

陳昕薇回到樓上的辦公室裏，見到裏面林東的辦公室門開著，而裏面卻是空無一人，過了一會兒，才確定林東已經走了，看了一眼時間，還沒到下班的時間。以前高倩在的時候，極少提前下班，而且經常加班到很晚。她見林東如此作風，便在心裏瞧不上林東，認為林東肯定沒辦法把公司管理好。

其實在陳昕薇拿著財務報告前腳剛走，林東就離開了辦公室。答應了楊玲要在中間為她和金蟬醫藥的董事長唐寧牽頭搭線的。怎麼說楊玲也對他有恩，而且二人又有勝過一般朋友的親密關係，這個忙林東無論如何都會盡力幫的。

離開溪州市，車子上了高速之後，林東就給唐寧打了個電話。

唐寧是金鼎投資公司的客戶，與林東私下裏交情不錯，但人家給不給面子。林東還真是沒有十足的把握，所以這次給唐寧打電話，他也沒想過一開口就把目的說出來，而是準備繞個彎子。

電話響了好一會兒，不料裏面最後卻傳來了忙音。林東不免有些生氣，難道唐寧有未卜先知的能力，已經知道他的目的了？

不過，林東並沒有疑惑多久，因為唐寧很快就把電話打了回來。

電話一接通，林東就聽到了唐寧爽朗的笑聲。

「林總，真是不好意思，剛才正在處理一些事情，沒能接你的電話，請別見怪。」

林東笑道：「唐董，知道你貴人事忙，只是不知道你能否勻出一點寶貴時間。讓我今晚有機會請你吃頓飯呢？」

唐寧在電話裏笑道：「林總，麻煩你等一下。」

隨後林東就聽到了唐寧叫秘書過來的聲音。

「莊秘書，我今晚還有什麼安排嗎？」

一個三十來歲的男人的聲音從電話裏傳了過來，「董事長，您半個月前定下了今晚和您丈夫共進晚餐。可麻先生他兩天前去了美國看ＮＢＡ總決賽，還沒有回來，所以今晚您沒有安排了，需要我為您做什麼嗎？」

唐寧揮了揮手，秘書莊臣躬身退了出去。

「林總，正是趕巧。今晚我正好有時間，你定地方吧。」

林東笑道：「那沒問題，定好了地方我再聯繫你。」

掛了電話，林東心情大好，唐寧可不是那麼容易約的人，居然那麼爽快的答應了他，看來牽線搭橋這事情應該有希望。

不過接下來又為在哪裏請唐寧吃飯而煩惱了，以唐寧的身分，去的地方規格肯定不能太低，但無論是萬豪還是富宮，都顯得太過平淡無奇，缺少些韻味。既然是有事情她幫忙，那麼就應該拿出最大的誠意，這樣唐寧幫助他的希望才可能更大。

林東煞費苦心絞盡腦汁的想了好一會兒，終於確定了一個地方，景秀樓！根據他對唐寧有限的了解，知道唐寧談吐文雅，經常引經據典佐證自己的觀點，便知道唐寧是個才女。景秀樓雖算不上蘇城最好的飯店，但無疑是最有特色的飯店，那兒布置的古色古香，更是以書籍點綴四壁。若論最有書卷氣的酒家，景秀樓無疑是當仁不讓的蘇城第一家。

林東趕緊打電話預定了包廂，開車到了蘇城之後，先去了景秀樓。到了那裏，親自確定了菜單，這才給唐寧又打了個電話過去，把酒店的名字告訴了唐寧。

此刻，唐寧已經回到了家裏，她剛剛沐浴完畢，身上裹著浴巾，坐在梳妝台前

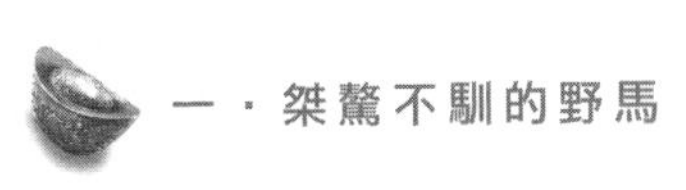

接完了電話，抬頭看了看鏡子中自己紅潤美麗的臉龐，不禁發出一聲幽怨的嘆息。

她是外人眼中年輕貌美事業有成的女強人，光芒萬丈，極盡殊榮，而又有誰知道她的不幸。她的強勢，直接導致了丈夫對她的冷漠。起初她和丈夫顧振濤都是醫藥公司的推銷員，因此深知藥品的暴利，於是才有了創辦藥廠的想法。那時候他們都剛剛大學畢業不久，幹勁十足，白手起家，三年之內略有小成，她也漸漸表露出了經商的天賦，逐漸的便掌管了公司的大小事務，顧振濤本來就沒什麼雄心壯志，只求溫飽，起初倒是樂得讓她一人掌管公司。

後來，隨著公司的不斷壯大，二人之間的感情卻出現了越來越大的裂痕。顧振濤成為別人眼中吃軟飯的男人，所有人都在背地裏罵他是個沒用的男人，顧振濤受不了這些閑言碎語，便愈發的放縱自己，除了花錢取樂，就再也沒有別的樂趣，還帶別的女人到家裏尋歡。

夫妻二人大吵了一架之後，關係算是徹底崩潰了。唐寧氣極了之下罵了很多難聽話，字字句句都戳中了顧振濤的痛處，二人險些鬧得要離婚。

這已是三年前的事情了，那時候唐寧正帶著公司上下齊心協力為上市而做準備。金蟬醫藥畢竟是他們夫妻共同創立的，二人各自占有百分之五十的股權，如果在當時鬧出離婚事件，投資者肯定會不看好金蟬醫藥的發展，就連唐寧為之傾盡心血的上市計劃也極有可能擱淺。所以，在冷靜了之後，二人協商一致，暫時仍保持夫妻關係，等到公司上市之後再擇日離婚。

唐寧化了個淡淡的妝，拿掉裹在身上的浴巾，站了起來，鏡子中便出現了一具白皙動人凹凸有致的誘人身材。她略帶嘲諷的看著鏡子中的自己，長得漂亮有什麼用，身材保養得好又有什麼用？若是告訴別人她已有將近四年沒感受過男女交歡的滋味，或許百分之九十以上的人都不會相信吧。尤其是男人，一定會認為，如果家裏有這麼個美麗動人的尤物老婆，如果不每日耕耘，那簡直就是「暴殄天物」！

從衣櫥裏挑了一件藍色的晚禮服穿在身上，又從梳妝桌的抽屜裏挑了一條心形的藍寶石項鏈戴上，唐寧對著鏡子轉了一圈，滿意的點了點頭，赴約去了。司機已經把車開到了別墅門口，見唐寧從門裏出來，趕緊過來為她拉開了車門。年近五十的司機老張見到唐寧那藏在裙中若隱若現的嫩白修長的腿，喉頭不禁聳動了一下，咽了口吐沫，目光直勾勾的盯著唐寧擺動的裙裾。

猛然間感受到了一道寒光射來，司機老張打了個激靈，回過神來，看到唐寧目光冰冷的眼睛，慌張的轉過了臉，一顆心怦怦亂跳，知道這回可麻煩了，心裏祈禱唐寧不要降罪他，他還想靠著這份收入不菲的工作養家糊口呢。

「董事長，去哪兒？」老張坐進了車裏，臉上是獻媚似的諂笑。

「景秀樓。」

唐寧沒有多說一個字，她剛才已發現了老張噴火的目光，這打破了她原本對老張的印象，心裏已做了個決定，明天她就會通知人事處開除老張，沒想到平時那麼一個老實的人，也會有那麼色的眼神，簡直不可原諒！

車子緩緩起動，唐寧忽然像是意識到了什麼似的，心中暗道：「我不過是見一個商場上的朋友，為什麼要將自己精心打扮得那麼漂亮？況且對方還是比我小了十歲的『小男生』。不行，不該這麼穿！」

「停車！」

剛到小區門口，唐寧忽然發出了指令，老張不知所以，趕緊踩了剎車。

「董事長，怎麼了？」

「掉頭，回家。」

唐寧下了第二道命令。

老張點了點頭，調轉車頭，開車回到了唐寧所住別墅的門口。

「你在這等著。」

推開車門，唐寧下了車，快步進了屋。

老張盯著她的背影又是一陣猛咽口水。

唐寧回房就脫掉了自己身上的藍色晚禮服，挑了好一會兒，居然換了一套運動裝。

司機老張見唐寧穿著運動裝走了出來，一摸腦袋，心想這到底是要去見什麼人啊，怎麼那麼大的反差？他給唐寧做司機已經有些年頭了，知道這個女人做事最大的特點就是果斷，還從未見過像今天這樣為了見個人從性感的晚禮服換到包裹嚴實的運動裝的。

「董事長，還是去景秀樓嗎？」

唐寧坐在車裏點了點頭。

半個小時後，唐寧的車就到了景秀樓門口。

老張迅速下了車，跑過來給唐寧拉開車門。

「老張，你回去吧，晚上不必來接我了。」

唐寧下了車，不急不緩的朝景秀樓走去。

老張心裏七上八下，惶恐不安的盯著唐寧的背影，嘴裏反覆念叨著剛才唐寧的那幾句話，揣測她話裏的意思。

第二章

瑣碎小事的意義

「這種瑣碎的小事，如果不是非常信任和親近的人，他怎麼會讓你做？」

陳昕薇反覆咀嚼剛才那位同事說的話，

經過一番推理，她發現那位同事的話還真是有幾分道理。

比如她自己，只會讓自己的家人替自己做一些瑣碎的小事。

「難道要我買飯，也是對我的信任嗎？」

林東坐在景秀樓的大廳裏，手裏捧著一本外國經典的散文集，以他的外語水平根本無法讀得懂那些近乎於詩句的散文短句，而且他的心思也沒在這本書上，這本書只是他隨手從書架上抽出來的。

不時的往門口看一眼，為了表示對唐寧的尊重，林東沒有在包廂裏等她，而是在大廳裏等待。

在喝了兩杯茶、翻了三頁書之後，林東終於看到了一身運動裝的唐寧走進了景秀樓。他趕緊放下手裏的散文集，快步朝唐寧走去。

「唐董……」

走到近處，林東開口叫了唐寧一聲。

唐寧循聲瞧了過來，看見了林東，臉上浮現出一抹微笑，「林總，等久了吧？不好意思，路上有點堵車。」不知為何，她似乎心裏有些害怕會遭到林東的責怪。居然不自主的說了個謊。

林東含笑說道：「這個時間路上的車本來就多，我也剛到沒多久，這裏的書很多，找了本書看了看，還沒翻幾頁你就到了。」

二人並肩而行，一起朝包廂走去。

唐寧笑道：「林總也愛看書嗎？平時喜歡看什麼類型的書呢？」

這倒是難為了林東，他現在除了金融和管理方面的書之外，壓根就沒心思看別的書，但如果實話實說，恐怕會讓唐寧覺得他這人太過無趣，腦筋一轉，就說道：「我平時看書的時間不是很多，最喜歡看些小說放鬆一下自己，緩解緊張的情緒。」

唐寧點了點頭，「在古代，小說在文學作品中的地位是最低的了，當時寫小說的人都被認作是不務正業，很遭那些正統文人唾棄的。但現在不同了，經過這麼多年的發展，小說儼然已經成為文學作品之中最繁榮的一個門類了，這就足以證明小說有它過人的魅力，所以才使越來越多的讀者愛上了小說。林總，你都愛看誰的小說呢？」

這問題把林東問得手心都冒汗了，他一個理科生，本來就沒看過幾部小說，還好小時候沒少看武俠片，對金古溫梁這四位大師書中的人物還是比較熟悉的，當下說道：「唐董，不怕您笑話，我就愛看武俠小說，尤其是金大師的。」

唐寧嫣然一笑，「為什麼要笑話你，武俠小說很好啊，弘揚正氣，教人行善，如果這世上每個人都是俠義心腸，那世界該有多麼美好啊！」

說話間，二人就來到了包間門口，身穿旗袍的女侍為他們推開了門。

「要不要再看一下菜單？我點了一些菜，不知道唐董愛不愛吃。」林東道。

唐寧擺了擺手，「不用了，我這人不挑食的。」

林東親自為她斟了一杯香茗，茶香誘人，氤氳飄蕩，茶香也隨之蕩漾開來。

唐寧端起來抿了一小口，放下茶盞，仔細打量了一下這間包廂，深深的被包廂裏的裝飾所吸引，站了起來，走到對面的書架前面，抽出了一本書，神情落寞的看著封面上的書名。

林東走到她的身旁，朝她手裏的書望去，看到了書名，輕聲念道：「孤獨的守候，好像前段時間有部電視劇也叫這個名字。」

唐寧點了點頭，「是啊，就是根據這部小說改編的。林總，你看過嗎？」

林東笑道：「書我沒看過，電視劇倒是聽人聊起過，知道點故事的梗概。」

唐寧出神的看著書的封面，這本小說的封面非常簡單，一株枯萎的大樹，還有一個繞在了樹上的風箏。她心裏很敬佩這部小說封面的設計者，只有完全讀懂了這部書的人，才能將書中的意境用如此簡單的景物反應出來。

「林總，你能給我說說這個故事嗎？」唐寧依舊看著封面，她的聲音似從遠方而來，迴響在林東的耳畔。

林東稍微整理了一下記憶中的碎片，緩緩說道：「好像講的是一對夫婦，起初感情特別的好，兩個人日子一開始過得很艱辛，但對未來充滿了希望。男女主角都非常的努力，為了美好的未來拚命的在外面打拚。後來他們成功了，實現了夢想，住進了大房子裏，但好景不長，女主角被查出來得了肝癌，過了一年之後就去世了。那時，男主角已經成為了令人羨慕的青年企業家，在老婆的葬禮上，他一滴淚也沒有流，所有人都覺得他心裏沒有女主角，而男主角卻終身沒有再娶妻，守候了女主角一輩子。」

林東沉醉在敘述故事當中，沒有察覺到唐寧臉上表情的變化，等他說完之後，發現唐寧久久沒有說話，一低頭，才發現唐寧的臉上掛滿了淚痕。林東從身上掏出紙巾，遞給了唐寧，「唐董，是不是小說太感人了，你瞧你，都流淚了，真沒想到唐董你那麼感性。」

「不好意思，我去一下洗手間。」

唐寧朝林東點了點頭，低頭疾行，推開了洗手間的門。

唐寧能有今天的成就，成為所有人眼中的女強人，斷然不可能當著他人的面因為一部小說的情節而動情流淚。林東猜想一定是《孤獨的守候》這部書讓唐寧聯想到了什麼，或許外界傳言她事業興旺，感情卻不順的消息，並非是空穴來風。微微一嘆，這也是個可憐的女人啊。

過了十來分鐘，唐寧才從洗手間裏出來，看得出是在裏面哭了，眼圈紅紅的。

「先生，可以上菜了嗎？」女侍走過來問道。

林東點了點頭，「上菜吧。」轉而對唐寧說道：「唐董，這邊請。」

二人圍著餐桌坐了下來，偌大的餐桌只有他們兩個人，愈發顯得房間空盪。唐寧坐在林東的對面，端起茶盞喝了一口茶，微微笑道：「林總，不好意思啊，剛才讓你見笑了。我這人就是聽不得傷感的故事，很容易被這種傷感的小說勾動情緒。」

林東笑道：「小說之所以受到越來越多的讀者喜愛，我認為其中很大一個原因就是小說能夠引起讀者的共鳴，就比如我看武俠小說，看到那些俠士為了國之大義，不惜犧牲生命，那時便會有一股豪氣在胸腔內激蕩，恨不得提三尺之劍，蕩平這天下不平之事。」

林東說到興奮處，手裏拿著一雙象牙箸來回比劃。就像是手裏提著雙劍似的，逗得唐寧掩嘴咯咯不停的笑了起來。林東達到了目的，這才結束了自己的小丑行為。

「喝點酒嗎，唐董？」菜上來之後，林東問道。

唐寧微微點了點頭，她素來是不喝酒的，但今天不知怎的，或許是因為心情不好，或許是因為林東逗得她開心，總之有了喝點酒的想法。

林東不知道唐寧酒量如何，於是就沒要白酒，要了一瓶黃酒。黃酒在江南浙北這一帶是非常流行的。林東心想唐寧是本地人，黃酒應該是可以喝點的。

林東發現唐寧有意無意的朝站在一旁的女侍看了幾眼，略微思忖，掏出幾張紅色大鈔，遞給了兩名女侍，說道：「這裏我來就好了，你們出去吧。」

那兩名女侍不用幹活卻拿到了小費，當然一萬個樂意，說了聲「謝謝」老闆，就全都走了。

包廂裏就剩下林東和唐寧兩個人了，林東過去為她倒了一杯黃酒，回到座位上，端起酒杯。「唐董，我敬你一杯，祝你事業順利，不僅成為蘇城第一個女強人，更要成為全省全國第一的女強人。」

林東說完，仰脖子乾了一杯。唐寧不勝酒力，只是稍稍喝了一小口，就這麼一小口，就已經讓她微微皺眉了，喝完之後趕緊又喝了一口茶。

林東記著今天來的目的，替楊玲牽線搭橋是首要的。但在此之前也得打聽清楚唐寧是否已經確定了主承銷商，如果已經確定了，他這個話就不好開口了，畢竟他與唐寧的關係還沒到能干涉對方決定的地步。

邊吃邊聊，二人都是蘇城商場上有名的人物，所談的話題自然離不開這個圈子，說了一些圈子裏的趣事，也各自抒發了對目前經濟環境的看法。

林東覺得前面已經做足了鋪墊，便開始進入了正題，說道：「唐董，你公司上市進展到哪一步了？」

這些日子唐寧正為公司上市的事情忙得焦頭爛額，以前覺得通過證監會審核才是最難的，沒想到千辛萬苦通過審核之後，問題還是一大堆。也不知怎麼的，唐寧似乎覺得心裏的事情太多，壓得她難受，便開始向對面小她十幾歲的林東倒起了苦水。

「唉，我已經快要被這事情煩死了。林總，你是不知道，我這麼家小公司上市，居然會有那麼多的券商盯著，有不少都是有關係有背景的，托主管部門的領導跟我打招呼，可我一看他們之前的承銷業績，根本就不行，讓我怎麼放心把這麼重要的事情交給他們運作？」

林東明白唐寧嘴裏說的是哪家券商，應該就是蘇城本地的那家券商，依托與當地政府良好的關係，在蘇城是橫行霸道，其他券商見了都要退避三舍，就連許多國內排名靠前的券商見了也得靠邊站。

「主承銷商的確很重要，國內外有太多的例子，有好有壞，好的就是選對了承銷商，公司股價大漲，超過預期，壞的就是選錯了，上市就大跌，資產瞬間蒸發大半。」

唐寧點了點頭，她擔憂的也無非就是這些，「林總，這方面你要比我懂，是否有好的券商為我推薦一下？」

唐寧這話正中林東下懷，不過既然唐寧那麼信任他，林東倒不好因為要幫楊玲而把楊玲所在的公司推薦給唐寧了，他只能將其中的好壞分析給她聽，具體選哪家，還要看唐寧自己的決定。

「唐董，依照我的經驗，選券商一定要選規模大，營業部遍布全國的那種。打個比方，咱們選蘇城當地的這家，我不說你也該明白是哪家，這家總共不到三十家營業部，而且大部分營業部都分布在蘇城本地，對於全國其他地方，影響力很小。如果讓他們做主承銷商，我相信蘇城本地這一塊的宣傳他們能做得很好，但其他地方呢？」

唐寧若有所思的點了點頭，下了決心，「我明白了，上市對公司很重要，如果實力不行，不管找誰打招呼都沒用。」

林東繼續說道：「也不是規模最大就最好，最主要的還是要看他們過往的業績。據我所知，有些名頭很大的券商承銷做得也並不是很好。券商的業務並不僅僅在承銷這一塊，還有自營業務、經濟業務等等，有些券商的經紀業務好，有些券商的自營業務好，而我們要選擇的是那種規模大而且承銷業務做得好的。」

林東對楊玲所在的券商做過了解，就是他剛才所說的那種規模大且承銷業務強的券商。在唐寧不知不覺之中，他已經將楊玲所在的券商推薦給了唐寧。

唐寧連連點頭，對林東所言深以為然，「聽了你這番話，我真是有種撥雲見日的感覺，心裏總算是有底了。」

唐寧主動端起酒杯，笑道：「林總，看來今晚出來與你共進晚餐是正確的選擇，感謝你為我解惑。來，我敬你一杯！」

唐寧忘了自己酒量不行，實則心裏也沒把一杯黃酒放在心上，端起來一仰脖子就乾了，沒過多久，酡紅就遍佈了她的整張臉，愈發顯得她眉眼俏麗。林東無意中看了一眼，趕緊低下了頭，唐寧這種三十幾歲的漂亮女人無疑是最具有媚惑力的。

黃酒後勁足，喝下半個小時後，酒勁就漸漸發揮出來了，唐寧的臉愈發紅了，就連脖子上都出現了紅霞。這是對酒精過敏的反應，林東趕緊勸唐寧不要喝了。

唐寧很難受，大口大口的往肚子裏灌茶水，希望能夠解酒，不知道茶葉水不僅無法解酒，反而會阻礙人體解酒。以前她幾乎就不喝酒，就連在有些不得不喝的場合，她也是把酒換成了水才喝。

「唐董，沒事吧？」

林東見唐寧臉色不大好看，剛才還是滿臉紅霞，現在已是俏臉刷白了。

「沒事，我想睡覺了。」唐寧捶著腦袋，有氣無力的說道。

林東扶她走出包廂，到樓下結了帳，扶著唐寧走到景秀樓外面，問道：「你的司機在哪兒？」

唐寧搖搖頭，「他今晚不來接我，我讓他回家了。」

林東猶豫了一下，說道：「那你告訴我你住哪裏，我送你回家。」

「清風山別墅八十九號。」唐寧哼聲說道，醉酒的她已顯得口齒不清了。

林東把她扶進了自己的車裏，開車往清風山別墅區了。半個鐘頭後，林東就開車進了清風山的別墅，來到了八十九號別墅前。停好了車，回頭一看，唐寧躺在後座上，十指插在秀髮之中，不斷的拉扯著那滿頭的青絲，表情十分的痛苦。

「唉，沒想到你堂堂一家公司的董事長，居然那麼不能喝酒。」

林東心中暗道，搖了搖頭，下車拉開了後座的車門，拍了拍唐寧，「唐董，到家了，下車吧。」

唐寧毫無反應，林東又反覆拍了幾次，還是沒有反應。

「唐董，失禮了，你可別怪我啊。」林東彎腰把半邊身子伸進了車裏，把唐寧抱了出來，想把她放下來讓她自己走動，卻發現唐寧兩條腿根本就沒有力量，站都站不住，只好繼續抱著她。

抱著美人走到門前，按響了門鈴，過了半天也沒人來開門。林東又按了一次，還是沒人開門。

「家裏沒人，就我……一個……人。」唐寧含糊不清的說道。

林東一看這門是需要指紋解鎖才能打開的，便拿起唐寧的一隻手，把她的大拇指往識別面板上一靠，就聽門響了一聲，打開了。

「唔，總算打開了。」

把唐寧放到床上，林東剛挺直了腰，躺在床上胡言亂語的唐寧忽然坐了起來，掐著脖子嘔吐了起來，一堆穢物噴湧而出，大多數吐在了床下，還有些吐在了她自己的身上。

林東本以為把她送回家就可以走了，沒想到唐寧居然吐了，只喝了一杯多一點點的黃酒，這女人就吐了，以她這種不入流的酒量，真不知道怎麼在商場上混得風生水起的。

「唉……」

林東連連搖頭，看來是得替她清理一些才能走了，心裏不禁埋怨起來，那麼有錢，為什麼不請個保姆呢？如果有保姆，這些事情也就不需他來做了。

林東去外面找來了抹布，先把地板上的髒東西擦乾淨，而後又去找來拖把，仔仔細細的拖乾淨，等他把拖把洗乾淨回到房裏，居然發現唐寧光著身子躺在床上，渾身上下，只剩下一套紫色的性感內衣。

酒精如同烈火一般在唐寧的血液裏溜走，燒得她全身火熱，在暈暈乎乎中，幾乎無意識的脫掉了自己的衣服。

林東看到床上躺著的美人，那是一個任何男人看了都會心動的女人，喉結聳動了幾下，暗暗的咽了幾個口水，深吸了一口氣，林東還是挪開了目光。

他走過去替唐寧蓋上被子，然後打開了室內的空調，輕聲說道：「唐董，我走了，你好好休息。」說完，林東就快步離開了唐寧的別墅。

就在房門關上的一剎那，唐寧忽然睜開了眼睛，從床上坐了起來，靠在床上，恢復了清醒時冷艷的表情，從她臉上已經看不出來絲毫的醉意。唐寧從床頭櫃裏摸出一包煙，點燃了一根，深深吸了一口。

她的酒量的確是差，剛才也不是裝醉，但有一點，只要吐了，那麼就會立即清醒過來。剛才她也不明白為什麼會自己把衣服脫掉，或許從晚上要司機老張不要來接她開始，她在心裏就已經期盼著和林東發生些什麼了，只是她怎麼也沒想到的是，林東居然抵抗得住她這種誘惑。

唐寧在商場上摸爬滾打多年，閱人無數。無論是高官還是富商，一個個平時看起來都是正人君子，但一碰到女色，就立馬露出了好色的本性。而林東年紀輕輕，卻能抵擋得了女色的誘惑，這讓唐寧在心裏感覺到了這個年輕人的可怕。

「以後如果有機會，還是應該跟他多多合作才是。」唐寧心裏如是想，就憑林東的定力，恐怕以後的成就會無可限量，不如趁他還沒有真正崛起之時與他搞好關係，日後肯定能從林東身上沾光得益。

一根煙吸完，唐寧掀開被子下了床。雙手伸到背後解開了束縛雙峰的胸罩，然後向下摸到臀處。往下一抹，那紫色的蕾絲內褲就被她褪了下來，卷縮成一團。

不一會兒，房間裏的浴室中就響起了連綿不斷的水聲，浴室裏，唐寧仰著脖子，微微喘息著，任冷水沖洗她發燙的嬌軀。水簾澆落在她白嫩的肌膚上，身體的溫度正在慢慢的下降，而內心的慾火卻是焚燒得更加熾盛了。

林東逃也似的從唐寧家出來，站在門口深深吸了口氣，低頭一看檔部，胯下那玩意還高高的翹起。

「什麼時候我能隨心所欲的控制你，那我就再也不怕犯錯了！」

第二天，林東剛進了東華娛樂公司的辦公大樓，就接到了楊玲打來的電話。

「玲姐，有什麼好消息嗎？」林東笑著問道，他昨晚已經巧妙的將楊玲所在的券商推薦給了唐寧，這一早楊玲就打電話給他，料想應該與這事是有關的。

楊玲在電話裏興奮的說道：「林東，剛才總公司的領導說，金蟬醫藥的唐董給他打電話了，他們還約了時間見面，謝謝你！」

林東也沒想到唐寧這麼快就會行動，看來自己的那番話的確是起到了作用，笑道：「玲姐，你謝我幹嘛，是你們公司的實力起到了很大的作用。」

聽林東這麼說，楊玲就清楚這其中林東起了多大的作用了，沒有伯樂哪來的千里馬，就算公司實力不俗，如果沒有林東的幫助，恐怕唐寧的眼睛也不會發現他們公司。

「不跟你多說了，我要收拾一下隨團隊去金蟬醫藥了。林東，這次的事情若是成了，我一定重重謝你。」

楊玲掛斷了電話，深吸了一口氣，最近她與幾個競爭對手正在爭奪分公司老總的職位，如果這次的項目能順利拿下來，那麼無疑將增加她自身的競爭力。上次領導答應她說可以幫忙之後，她就告訴了帶隊的總公司副總，所以今天副總接到唐寧秘書打來的電話之後，便立即找到了楊玲，表示了感謝之後，又委婉的表示在競選分公司總經理這個職位上會給予她幫助。

林東來到辦公室，陳昕薇早已到了，抬頭對他說道：「林總，老屈來過了，見你不在，他又回去了。」

林東點了點頭，面無表情的說道：「我現在來了，你打電話叫他上來。」陳昕薇見他這副表情，暗中替屈陽捏了把汗。等到林東進了裏面的辦公室之後，拿起內線電話給屈陽打了過去，「老屈，他來了，叫你上來呢，似乎臉色不太好，不過你不用害怕，不要被他唬住了。」

掛了電話，屈陽用紙巾擦了擦腦門子上的汗，今年他花了三十多萬買了一部車，其中有五萬多用的是公司賬上的錢，後來他並未把這錢補到賬上，而是在做賬的時候通過隱蔽的手法，巧妙的把那五萬多塊錢的缺口給掩蓋了。

他做了虧心事，心裏沒底，真不知道林東會怎麼處罰他。挪用公司資金，如果遇到了個認真的老闆，那是會報案抓他坐牢的。

「阿彌陀佛，求諸天神佛保佑啊，我上有老下有小，全家人都指望我養活，可別讓我蹲大獄啊。」

屈陽雙手合十，朝著西邊拜了幾拜，內心十分忐忑的離開了辦公室。

林東進辦公室幾分鐘了，也未見陳昕薇進來給他倒杯水泡杯茶什麼的，無奈之下，只好自己動手，泡了杯茶，坐在椅子上靜待屈陽的到來。一刻鐘之後，他就聽到了屈陽的腳步聲，略顯沉重。

咚咚咚……

屈陽在門外敲了敲門。

林東臉上閃過一絲笑容，轉而換上一副冰冷的表情，冷冷道：「進來！」

屈陽推開了門，慢慢的走到林東辦公桌前面，低聲說道：「林總，您找我？」

林東手裏端著茶杯，盯著屈陽的臉，一句話也不說。雖然辦公室裏冷氣開得很足，但屈陽仍是覺得渾身火熱，腦門子上的汗就像是忘了關的水龍頭，不停的往外冒，沒多久便已經是滿臉大汗了。

「很熱嗎？」

林東終於開口說話了，屈陽搖了搖頭，「林總，我自己的毛病，一到夏天就愛流汗。」

林東指了指辦公桌對面的座椅，「老屈，坐下說話吧。」

「哎。」屈陽點頭應了一聲，在林東對面坐了下來。

「最近生活中或者是工作上，有什麼困難嗎？」林東微笑著問道。

屈陽愕然，不明白林東為什麼前後的反應會那麼大，連連搖頭，「都還好，感謝林總關心。」

林東道：「公司不是無情的，如果有困難就說出來嘛，公司一定會幫助解決的，我就害怕有些員工明明有困難，但卻不說出來，把很簡單的事情搞得複雜了，甚至走上了歧路。」

屈陽出了一身的冷汗，這些話分明就是說給他聽的，字字入箭，每一箭都射在了他的身上，心想他挪用公款的事情多半是林東已經知道了，卻不知新老闆會怎麼處罰自己。

「老屈，想什麼呢？」

林東見屈陽出神，出聲問道，屈陽回過神來，連連搖頭，「沒想啥。」

「送來的財務報表我看過了，有點小問題，所以讓陳秘書送回去讓你看看，你是老財務了，按理說不該出問題的，我就是擔心你工作壓力大，或者是生活方面有什麼困難卻不肯開口。老屈，你把本職工作做好，其他的你都別管，有問題就來找我，能解決的我一定解決。也沒什麼事了，你回去吧。」

屈陽簡直不敢相信林東就這麼放過了他，瞪大眼睛看著林東，「我、我可以走了？」

「老屈，你難道還要我親自開門送你出去啊？」

看著林東臉上的笑容，屈陽終於確定自己有驚無險的成功過關了。

「不用，林總你忙，我走了。」

屈陽壓住內心的興奮，麻利的離開了林東的辦公室，走到門外，這才敢長嘆一口氣，朝陳昕薇笑了笑，「陳秘書，忙著呢，我走了啊。」

進來的時候屈陽還是一副擔驚受怕的模樣，而現在卻感覺像是如釋重負似的。陳昕薇皺了皺眉頭，覺得有些奇怪。

屈陽回到自己的辦公室，坐下來冷靜的想了想為什麼林東會放過自己，明明自己在賬上做的手腳已經被他看出來了，為什麼他不揪著不放加以重罰呢？屈陽並不傻，很快就想明白了原因，林東這分明是借此舉來向他表明態度，要他明白現在誰才是公司的頭，他能不能在公司待下去，全部都得看林東的臉色。

「真是個詭計多端的傢伙……」

屈陽拿起桌上的電話，打了個電話給他老婆，讓老婆趕緊去銀行取五萬塊錢出來。他已認清了形勢，跟老闆對著幹是沒有好下場的，還不如趁早向林東表明態度，把挪用的錢補上，也就間接向林東表明了立場。

陳昕薇給屈陽發了簡訊，問他到底是怎麼回事。屈陽很快就給她回了過去，說不打算跟林東對著幹了，還勸陳昕薇也不要扛著，找機會緩和跟林東的關係。

陳昕薇看到簡訊氣得差點摔了手機，卻在這時，桌上的對講機裏傳來了林東的聲音。

「陳秘書，麻煩你進來一下。」

陳昕薇氣鼓鼓的推開了林東辦公室的門，「有事嗎，林總？」

林東笑道：「沒什麼大事，都中午了，麻煩你給我準備一份午餐，謝謝。」

陳昕薇簡直快要氣爆了，有了一次還不夠，居然又讓她給這個令人討厭的傢伙買飯，瞪大了眼睛朝林東看去，卻發現對方正笑臉盈盈的看著自己，似乎就在等著她發怒。

陳昕薇微微一笑，強行壓住了心裏的火氣，心道：「你想我發火，我就偏不發火，就不讓你如願！」

「請問林總，你要吃什麼呢？」

林東道：「隨便，最好別買甜的。」

陳昕薇轉身離開了林東的辦公室，關門的時候稍稍用了點力，算是表達自己的憤怒。

「哼，這小妮子，我看你能堅持多久。」

林東拉開了抽屜，抽屜裏面是公司一些部門領導的罪證和一些項目負責人的把柄，這些人都是跟他對著幹的，他只要稍稍動用一點手段，就能讓那幫人聽話，到時陳昕薇孤立無援，就只剩下兩條路可走了，要麼放棄抵抗歸順，要麼辭職離開。

陳昕薇這次去了公司的餐廳，心裏本想著再給林東買些偏甜的菜，但不知怎麼的，忽然覺得這麼做並沒有什麼意思，就算是讓林東吃不開心，那麼自己又會開心嗎？經過上次那麼一回，她知道這麼做的結果只能是雙輸。

「陳秘書，你也來吃飯啊？」相熟的同事見陳昕薇出現在餐廳，知道她素來都是自己帶飯的，不禁好奇的問道。

「哦，不是，我來給林總打飯。」陳昕薇答道。

「真羨慕你，新老闆還是那麼喜歡你。」那人笑道。

「啊？不會吧，讓我打飯還算喜歡我？」陳昕薇十分不解。

「這種瑣碎的小事，如果不是非常信任和親近的人，他怎麼會讓你做？」

陳昕薇反覆咀嚼剛才那位同事說的話，經過一番推理，她發現那位同事的話還真是有幾分道理。比如她自己，只會讓自己的家人替自己做一些瑣碎的小事。

「難道要我買飯，也是對我的信任嗎？」

陳昕薇買了幾樣符合北方胃口的菜，拿到了林東的辦公室裏，放在林東的辦公桌上之後，一言不發的走了出去。

林東看了看她今天買的菜，臉上浮現出一絲微笑，倒是出乎他的估計，原以為陳昕薇還會跟他對著幹的。

陳昕薇把自己帶來的飯盒放進微波爐裏熱了一下，熱好之後就開始吃午飯了。她的外語水準不大行，因為自己的工作原因，經常會接觸一些外國人。以前跟著高倩，有幾次接觸外國人都是請翻譯，高倩雖然沒有介意她的外語水準，不過陳昕薇自己心裏卻總覺得是一道過不去的坎，於是就在暗中下決心，一定要提高自己的外語能力。

一有空閑時間，她就會拿出單詞本背一背，趁著中午吃飯的時間，她打開了一個學習外文口語和聽力的網站，戴上耳機，找了一段對話聽了起來，一邊聽還跟著一邊念了起來。

林東聽到外面的聲音，端著飯盒走了出來，瞧見是陳昕薇正戴著耳機說英語，十分的投入，以至於手裏拿著筷子，飯卻沒有吃幾口。

林東站在原地聽了一會兒，陳昕薇的外語還真是不怎麼樣，就短短的五分鐘，他就聽出了不少讀錯的單詞。

一段對話聽完，陳昕薇拿下耳機，忽然發現林東站在一邊，嚇了一跳。

「你怎麼在這兒？」陳昕薇道。

林東扒拉了一口米飯，笑道：「是外面的動靜吸引了我，陳秘書，你是在練習口語嗎？」

陳昕薇點了點頭，「怎麼？難道在公司不准練口語嗎？」

「不是不是，你誤會我了，我喜歡像你這樣肯用功有追求的員工。」林東道。

聽到「喜歡」這個詞，陳昕薇面皮微微泛紅，「沒辦法，我讀書時不喜歡英語這門課，導致外語能力很差，工作之後才知道外語的重要性，只好努力補救了。」

「我多嘴問個問題，陳秘書，你這麼練習的效果怎麼樣？」

陳昕薇搖搖頭，「我感覺不太好，我看到網上說這樣學外語見效會比較快，可能是我太笨了，不覺得這樣學很快。」

林東道：「是你的方法不對！每個人的情況都不同，同一個方法可能會適合個別人，但絕不可能對所有人都適合。」

陳昕薇覺得他說的有些道理，問道：「那我該採取什麼樣的方法呢？」

林東道：「我剛才聽你說了一段，其中有不少問題，一是讀音。你讀錯了很多單詞，二是句讀，句子的停頓點你讀錯了，說明你根本就沒有明白句子的意思，同時也可能對英語中常見的句式掌握得不夠好。我覺得你的底子不太好，選擇這種高難度的學習方法不適合你。」

陳昕薇急於提高自己的外語能力，所以才對自己提出了超高的要求。可惜事與願違，事倍功半。林東的話指出了她的不足，陳昕薇對自己的水準很清楚，知道林東剛才的話指出的都是自己薄弱的地方。

「林總，那我該怎麼學習呢？」

不知不覺中，陳昕薇似乎忘記了對林東的厭惡，居然虛心向他討教了。

林東笑道：「首先你應該有一個好的心態，不能操之過急，給自己制定階段性的目標。還有，電腦上聽來的是死的，你要牢記自己學習外語的目的，那是為了方便與外國人交流，那麼就應該多與人用外語交流，這對提高你的聽力和口語能力會有很大的幫助。在白領之中，學習外語已經成為了一種潮流，各個城市都會有一些聚會，聚會中大家全部用英語交流，你可以多參加這類聚會，我保證你的英語會有質的飛躍！」

陳昕薇有種茅塞頓開的感覺，「謝謝你林總，看來我是走進了一個誤區了，幸好你及時為我指出來，不然的話，我還要浪費更多的時間。」

林東端著飯盒，呵呵笑道：「我說過了嘛，我喜歡上進心強的員工，看到你這麼用功，我心裏很高興哩。對了，我不建議你吃飯的時候還學習，這樣對消化不好，影響身體健康的。如果實在想利用吃午餐的時間，你可以選一部美國電影看一看，那樣對你也會有幫助。」

陳昕薇直點頭，「嗯，知道了林總。」

「那你趕緊吃，我吃好了，去扔飯盒了。」

林東朝陳昕薇笑了笑，邁步走開了。

陳昕薇摸了摸臉，只覺熱得燙手，趕緊掐了掐胳膊，提醒自己不能被那個傢伙偽善的外表給欺騙了，不過卻不得不承認剛才與林東交流的感覺的確很好，坐在椅子上發了發呆，自言自語的說道：「原來這個傢伙並不是那麼討厭嘛。」

第三章

女主角出事了

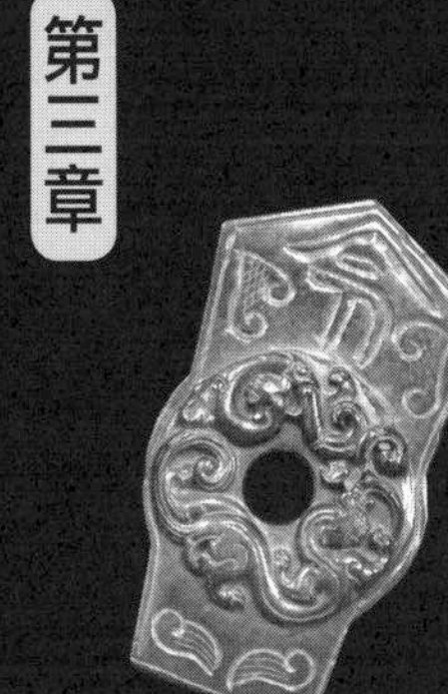

「林總，片場出事了！」

林東正在批文件，聽到這消息，握筆的手忽然一抖，一滴墨水從筆尖滲了出來，有一種強烈的不祥預感擾亂心頭，「發生什麼事了？」

陳昕薇道：「村婦的女主角在拍一場外景戲的時候摔了下來，至今昏迷不醒。」

林東只覺五雷轟頂，那部戲的女主角正是柳枝兒。

吃完午飯不久，林東忽然接到了一個國際長途電話，電話接通之後，那頭卻沒有人說話。

「喂，請問是哪位？」

過了一會兒，才聽電話裏傳來了江小媚的聲音，「林東，是我。」

「小媚啊，怎麼不說話，在歐洲那邊怎麼樣？」

江小媚道：「我們現在在倫敦，這裏非常漂亮，我很喜歡這裏。」

「那就好，你好好在那邊放鬆放鬆，等回來之後再來公司上班。」林東道。

「林總，我想我可能不會回去了，我想在歐洲找一座自己最愛的城市，定居在那裏。」江小媚的聲音有些低沉，一聽便知她現在的心情並不是很好。

林東嘆道：「現在別多想了，在歐洲好好放鬆一下自己，我不想失去你這位配合默契的助手，更不想失去你這位好朋友，但是我會尊重你的選擇。」

江小媚在電話裏沉默了下來，沒過多久就掛了電話，聽著話筒裏傳來的「嘟嘟」的聲音，林東的情緒低落了下來。

咚、咚！陳昕薇端著茶進來。

「放下吧。」林東情緒低落，淡淡的說了一句。

陳昕薇回到外面自己的辦公室，心裏莫名的一陣痛，狠狠的跺了跺腳，心道：

「我這是怎麼了？那個討厭的傢伙不都是一直這樣對我的嘛，為什麼心裏要難過？」心裏雖這麼想，但陳昕薇的腦海裏仍是不斷的閃現剛才林東那冷漠的表情，仿似一根扎在她心頭的刺，隱隱作痛。

林東走了片刻的神，回過神來才發現陳昕薇放在桌上的茶，茶盞中還冒著熱氣，端起來喝了一口，不禁搖頭笑了笑，這可是陳昕薇為他泡的第一杯茶呢！

看來應該不需要自己費多大的力，二人的關係已經在不知不覺之間緩和了許多。

猛然想起剛才對陳昕薇冷漠的態度，林東心裏覺得過意不去，起身走到外面，果然看到的是陳昕薇緊繃的臉，心道這小妮子必然是生氣了。

「陳秘書，你泡的茶很好喝，謝謝你。」

陳昕薇點了點頭，沒說話。

林東又道：「剛才我在想一些事情，情緒不太好，並不是針對你，你別往心裏去啊。」說完，見陳昕薇仍是沒什麼反應，林東便轉身朝裏間的辦公室走去。

「林總，你還要喝茶嗎？」

當林東走到辦公室門口的時候，陳昕薇忽然站了起來，話一出口，心就怦怦跳得厲害，導致她呼吸都有些紊亂了。

林東收住腳步，回頭朝陳昕薇一笑。「當然，我希望以後只要我來上班，就都能喝到你泡的茶。」

陳昕薇面皮一熱，俏臉上立刻就飛起了一片紅霞，如一滴紅墨水滴入了清水中，迅速的蔓延蕩漾開來。

林東回到辦公室，心情輕鬆了許多，剛才陳昕薇說出那句話，這就表明了主動要求與他消除隔閡，那麼快就能消除陳昕薇對自己的成見，連他自己也覺得奇怪。不過這畢竟是一件好事，只要陳昕薇不與他作對，反對派的陣容就算是瓦解了。

下午三點多鐘。陳昕薇忽然急匆匆的推開了林東辦公室的門，臉色凝重的說道：「林總，片場出事了！」

林東正在批文件，聽到這消息，握筆的手忽然一抖，一滴墨水從筆尖滲了出來，有一種強烈的不祥預感擾亂心頭，「發生什麼事了？」

陳昕薇道：「村婦的女主角在拍一場外景戲的時候摔了下來，至今昏迷不醒。」

林東只覺五雷轟頂，那部戲的女主角正是柳枝兒。「人、人在哪裏？」

陳昕薇見他反應有些異常，從未見過林東的臉色那麼嚇人，他現在的表情似乎是極度悲傷與極度憤怒交融在了一起，「已經送到了醫院。」

「哪家醫院？跟我走！」

林東邊走邊說，「陳秘書，聯繫這部戲的負責人，我要跟他通電話。」

陳昕薇拎著包跟在林東的身後，林東的步伐極快，她小跑著才能跟上，撥通了這部劇負責人的電話之後，告訴那人林東要跟他說話，然後就把電話交給了林東。

陳昕薇並不知曉內情，她不知道柳枝兒除了是這部戲的主角之外，還是林東心愛的女人，如果知道這層關係，也就不難奇怪為什麼林東聽到消息之後會那麼生氣了。

「張元，你是怎麼做事的？為什麼會出現那麼嚴重的事故，還想不想繼續幹了？」

盛怒之下，林東忍不住爆了粗口。

張元未與新老闆接觸過，本來還有些狂妄，但被林東這麼一頓臭罵，居然不敢說話了，發生這種嚴重的事故，他作為這部戲的監製，的確是脫不了干係。

「林總，您息怒，我也不想的。」

令張元上火的是林東對他的態度，畢竟他幹了這麼多年，新老闆一上任就把他臭罵了一頓，如果是為個巨星大牌也就罷了，但柳枝兒只是個一點名氣都沒有的村姑，他怎麼都咽不下這口氣。

「林總，實在不行咱們就換人。換掉一個沒啥名氣的新人，咱們也損失不了多少。」

張元的話徹底激怒了林東！

「張元，你給我聽好了，從這一秒鐘開始，你被開除了！」

林東在電話裏咆哮著吼道。

將手機還給了陳昕薇，二人一前一後進了電梯，陳昕薇看得出林東的反常，也不知如何開口，只能沉默的站在他的身旁。

半個小時之後，林東和陳昕薇趕到了醫院。

張元堵在醫院門口，見林東過來，上前找林東理論。

「姓林的，你憑什麼開除我？」

林東狠狠的瞪了他一眼，「張元，這筆賬我會慢慢跟你算，現在你最好在我的眼前消失！」

張元不依不饒，追過來要找林東理論，陳昕薇害怕二人發生衝突，趕忙拉住張元。

醫院門口已經聚集了不少娛樂記者，他們其中很多人都並不知道林東的身分，所以當林東從他們面前走過的時候，居然沒有一個人有所反應。

來到柳枝兒所在的急救病房門口，門外已經聚集了不少人，都是劇組的工作人員。

「林總來了。」

有人認識林東，開口說道，所有人紛紛朝林東看過來。

「柳枝兒情況怎麼樣？」林東開口問道。

導演孫正平道：「還不知道，從那麼高的地方摔下來，恐怕情況不容樂觀。」

林東在急救病房門外急得團團轉，雙手插在頭髮裏，眼神如盛怒的猛虎，目光從眾人臉上掃過，一個個全都低下了頭。

「誰能告訴我，這到底是怎麼一回事？」

所有人都默不作聲。

過了幾分鐘，陳昕薇趕到了急救病房門口，拉了幾個人到一邊，詢問了事故發生的經過，很快就弄清楚了是怎麼一回事。她走到林東跟前，低聲道：「林總，咱們去那邊，向你匯報些情況。」

林東黑著臉跟著陳昕薇走到了一邊，插手到口袋裏摸了摸，本想抽根煙，卻發現口袋裏空空如也，才想起自己戒煙已經有一陣子了。

「事情是這樣的，今天拍一場女主角爬上山坡採草藥的戲，本來導演是安排讓替身上的，不過柳枝兒堅持自己來演，說自己在老家的時候經常爬山坡，不會有問題。爬上山坡之後，卻因為踩到了一塊鬆動的石頭，石頭滾落了下來，她突然之間失去了著力點，失去了平衡，所以從山坡上摔了下來。其實這件事怪不得張元的。」

陳昕薇說完，靜靜的看著林東的表情，卻發現他心不在焉，並沒有認真聽她說話，注意力一直都在病房上，隔兩三秒就朝急救病房的門看一眼。

「你要替張元求情？」林東道。

陳昕薇搖搖頭，「我只是把事實告訴你，張元並沒有錯，開除他恐怕不大合適。」

林東冷哼一聲，轉過臉冷冷的看著陳昕薇的眼睛，「這公司是我的，我想開除誰就開除誰！」他懶得跟陳昕薇解釋多少，就以張元對柳枝兒的態度，在他心裏這個人就已經被判了死刑，絕不可能再把他留在公司。

林東扔下陳昕薇不理，又來到了病房門前。

過了不久，開始有娛記通過層層阻撓，朝病房趕來。雖然柳枝兒是個不出名的小演員，但她演的是劉根雲的戲，這就足以吸引他們追蹤報導的了。在這個潛規則盛行的時代，一個無背景無名氣的演員拍的第一部戲就是劉根雲的，難免會引起許多人的猜測與遐想，自打這部戲確定了演員之後，圍繞著柳枝兒的話題就一直沒有斷過。

陳昕薇有應付這種場面的經驗，有序的調派人手去阻攔記者，不讓他們靠近病房。而林東在經過初期的急躁之後，便冷靜了下來，站在病房門外，兩眼一直盯著病房門上面的燈。

也不知過了多久，病房的門終於開了，林東感覺自己的胸腔猛的一陣收縮，見醫生出來，緊張得手心直冒汗。

「醫生，柳枝兒怎麼樣了？」

醫生摘下口罩，對他說道：「傷者已經醒了，不過要留院觀察幾天，等到她腦顱內的血塊散去，我們才可以放心讓她出院。」

「顱內淤血？」林東訝聲道。

醫生點了點頭，「我們會把她轉到普通病房，如果有情況，我們會立即採取措施。」

林東道：「醫生，我要最好的病房！」

這醫生看了林東一眼，見林東如此緊張，心想傷者肯定是這男人很在乎的人，問道：「你是傷者的家屬？」

林東猶豫了一下，「算是吧。」

醫生聽得一頭霧水，點了點頭，「我現在就去安排。」

過了不久，柳枝兒就被轉入了這家醫院最好的病房。

林東推開病房的門，陳昕薇跟在他後面也進了病房。

柳枝兒瞧見林東，臉上閃過一抹微笑，「東子……」她看到了林東身後的陳昕薇，趕緊收住口，換了個稱呼，「林總，你來啦。」

林東回頭對陳昕薇說道：「陳秘書，你安排幾個人在外面守著，不要讓無關人等進來。」

陳昕薇通過柳枝兒的表情就看得出二人之間的關係不一般，聯想到林東在得知柳枝兒出事之時的反應，就更加肯定自己的猜測了。聽到林東的吩咐，陳昕薇點了點頭，識趣的離開了病房。

「枝兒，現在感覺怎麼樣？」

林東坐在床邊上，握住柳枝兒的手。

柳枝兒微微笑道：「東子哥，我沒事了，害你擔心我。」

這些天馬不停蹄的拍戲，林東發現柳枝兒明顯的黑了瘦了，不禁心疼起來，柔聲道：「別多想了，這幾天好好休息休息，暫且別想拍戲的事情了。」

柳枝兒臉色一暗，「我這一摔害得劇組停工，唉，真是恨死自己了。」

「我了解過了，枝兒，以後有危險的戲就讓替身來吧，千萬莫要再逞強了。」林東道。

柳枝兒笑著說道：「瞧你擔心的，這次純屬意外，如果不是那塊鬆動的小石頭，我根本就不會有事。我又不是什麼大牌，哪裏需要動用替身啊，等我成明星了，一定聽你的話，有危險的戲份就上替身。」

林東了解柳枝兒，她就是這麼一個外表柔弱內心堅強的女人，跟她說多少都沒用的。

「枝兒，天就快黑了，告訴我，你想吃什麼？」

柳枝兒脫口而出說道：「我想吃烙餅，帶餡的。」

林東想起小時候柳枝兒經常從家裏偷烙餅給他吃，為了不被柳大海和孫桂芳發現。她都是把烙餅揣在懷裏，想起柳枝兒對自己種種的好，眼睛微微有些濕潤了，起身說道：「枝兒，你睡一會兒，我去給你弄烙餅去，等你醒了，就有得吃了。」

柳枝兒點了點頭，躺了下來。

林東出了病房，陳昕薇還在門口等他。

「陳秘書，還沒走嗎？」

陳昕薇道：「外面還有許多記者，他們都在等著你呢。林總，要不我去引開他們的注意力，你趁機離開醫院？」

林東搖了搖頭，「不必了，不抓到大魚，那幫娛記是不會離開的，我待會跟他們說幾句。」

陳昕薇道：「那我們現在就下去吧。」說完，在前面引路。

記者們都聚集在住院部大樓的下面，看到陳昕薇下來，一窩蜂的湧上前去，七嘴八舌的問了起來。

陳昕薇攤開雙手，向下壓了壓，大聲說道：「諸位靜一靜，我讓我們公司的林總與諸位說幾句。」

眾人一時都安靜了下來，陳昕薇讓開地方，讓林東走到前面。

記者中有認識林東的，忽然想起了林東的身分，問道：「你不是金鼎建設的老總嗎？怎麼又有興趣玩起了娛樂公司呢？」

話題一下子從今天女主角發生意外上面，轉移到了林東身上。

「這位朋友好眼力，我就是金鼎建設的林東，東華娛樂公司是我太太在打理，不過因為一些原因，現在她將公司交給我打理，其實就這麼簡單。」林東面帶微笑的答道。

眾人又開始七嘴八舌的發問。等到安靜下來之後，林東才開口。

「關於這次意外，公司會在明天的新聞發布會上詳細說明，如果諸位有興趣，可以參加明天的新聞發布會。不好意思，我還有些事情，失陪。」

說完，林東就撥開人群離開了醫院。

上車之後，陳昕薇敏銳的觀察了一下四周，察看一圈之後，對林東說道：「林總，沒有狗仔跟著。」

「陳秘書，你知道哪裏有賣烙餅的地方嗎？」

林東問道，來溪州市那麼久，他還真沒見過有賣烙餅的地方，所以就向陳昕薇這個溪州市的當地人打聽。

陳昕薇想了想，「不好意思啊林總，我也沒見過，你急著要嗎？」

林東鄭重點了點頭。

陳昕薇猶豫了一下，說道：「那你去我家吧，我媽媽會做烙餅，有什麼要求你告訴我，我現在就讓她做。」

「怎麼好意思麻煩伯母，要不我自己找找。」林東道。

陳昕薇道：「應該很難找，咱們當地人不怎麼吃麵食的，烙餅吃的人就更少了。我外婆家在山陰市，我媽媽從小在那裏長大，喜歡吃烙餅，所以時不時的會做一回。」

「伯母是山陰市人？太巧了，和我是老鄉啊！」林東激動的道。

陳昕薇也顯出驚訝之色，嘴裏蹦出了幾句山陰話，「怎麼樣，我學的還算像吧？」

林東點了點頭，「還真挺像的。既然是老鄉，那我就麻煩伯母一回。」

「那有什麼要求呢？」陳昕薇已找出了手機，準備給母親打電話。

林東笑道：「沒什麼要求，你就告訴伯母，帶餡的餡餅就行了。」

「好的。」陳昕薇打了個電話回家，把事情跟母親說了，她媽媽一聽說是一個老鄉需要，高興的滿口答應了下來。

到了陳昕薇家裏，陳昕薇的母親祝美紅還在廚房裏忙活。陳昕薇帶著林東進了廚房，介紹道：「媽，這是我公司的老闆，他叫林東，也是山陰人。」

「伯母你好，給您添麻煩了。」林東用山陰話向祝美紅打了招呼。

祝美紅笑嘻嘻的看著林東，「我年長，就叫你小林吧，聽你口音，應該是懷城縣的吧？」轉而板著臉對陳昕薇道：「丫頭，怎麼把客人帶到廚房裏來了，太沒禮貌了。」

陳昕薇嘟嘴笑了笑。

林東道：「伯母，您真厲害，我就是懷城的。」

「小林，你先出去坐坐，很快就好了。」祝美紅又對陳昕薇說道：「丫頭，把冰箱裏的西瓜拿出來給小林吃。」

陳昕薇帶著林東離開了廚房，指了指沙發讓他坐下，「吃西瓜嗎？」

林東搖了搖頭，「不吃了。」

陳昕薇也就沒拿，回房間換掉了工作時穿的套裙，換上一套清新風格的家居裙出來，頗有點鄰家女孩的感覺。

「你穿上這條裙子，就像十七八歲的高中生。」林東笑道。

陳昕薇笑道：「算你有點眼光，本小姐其實也才二十五歲。」

林東想起一事，說道：「明天的新聞發布會我就不出席了，你安排一下，到時候替我發言。」

林東在陳昕薇家裏等了半個小時，祝美紅便把做好的熱乎乎的烙餅拿了出來，用布袋子裝好，遞給了林東。

「伯母，這次真的是多謝你了，要不然我還真不知道去哪兒弄這東西。」

祝美紅一看見林東就喜歡上這小伙子了，滿臉笑容的說道：「都是鄉親，幫點忙是應當的。小林啊，我聽小薇說你還有事，所以就不留你吃晚飯了，改天有空了到家裏來做客，伯母煮咱們老家的菜給你吃。」

林東連連答謝，告別了陳昕薇母女，帶著剛烙好的烙餅離開了陳家。

他前腳剛走，祝美紅就把陳昕薇叫到了面前，「小薇，你們這老闆不錯啊，模樣俊，人也有禮貌。」

陳昕薇知道老媽心裏在盤算什麼，有氣無力的說道：「老媽，你是不是又想讓我跟他交往交往？」

祝美紅笑著點頭，「你明白媽的心思就好，你看你也二十五了，是時候該考慮婚姻大事了，我像你這麼大的時候，肚子裏已經懷著你了。」

「你那老鄉都是快要結婚的人了，你就別癡心妄想了。」陳昕薇朝房間走去，邊走邊說。

祝美紅愣了一下，久久才嘆了口氣，心道：「多好的小伙子，太遺憾了。」獨自唏噓了一會兒，想起女兒的反應，大感異常，以前若是跟她提起某個男孩不錯，女兒絕對不會搭理半句，提到林東，卻是說了好幾句。祝美紅心道不好，莫不是自己的傻閨女真的看上林東了。

林東還沒到醫院，在途中接到了高倩的電話。

「老公，聽說柳枝兒出事了，傷得嚴不嚴重？」

高倩剛剛得到了消息，趕忙打電話問問情況。

林東道：「顱內淤血，這個情況我也說不出好壞。如果淤血不能散開，情況隨時都可能會惡化。」

高倩基本的醫學常識還是有的，聽到「顱內淤血」這四個字，渾身一震，沉默了片刻，對林東說道：「老公，你好好照顧她。」說完，她就掛斷了電話，高倩雖然不情願與別的女人分享一個男人，但更不想在幾天後的婚禮上看到林東鬱鬱寡歡的模樣。她知道柳枝兒在林東心裏的地位。如果柳枝兒顱內的淤血不能在他們大婚之前散去，只怕林東不會有好心情。

林東的眼角有些濕潤，整顆心都被對高倩的愧疚感占據，作為女人，高倩能做到這樣實屬難能可貴。他知道高倩此刻的心裏一定很難受，一定也希望能有他在身旁陪伴，但一想到此刻更需要他的是柳枝兒，就只好狠起心腸。

「如果世上有分身術，就算傾盡家底，我也要學一學。」

到了醫院，心情平復了許多。將車停在了地下車庫，搭電梯直接來到了柳枝兒所在病房的樓層。病房門口有陳昕薇安排的兩個人在把守，見林東走來，朝林東微微點頭。

「辛苦了。」

林東走到近前，在二人肩膀上各拍了一下，推開門進了病房。柳枝兒靜靜的躺在病床上，林東走到床邊，將手中裝著烙餅的布袋子放在了床頭櫃上。看著沉睡著的柳枝兒那張寧靜祥和的臉，看著那時而抖動的長睫毛，往事就如春潮一般湧來，一霎間，就陷入了回憶之海的包圍之中。

正當他坐在床邊看著柳枝兒的臉出神之際，柳枝兒緩緩睜開了眼，瞧見林東溫柔的目光，心中一暖，柔聲道：「東子哥……」

林東回過神來，笑道：「枝兒，你醒啦，感覺怎麼樣？」

柳枝兒坐了起來，「睡一覺感覺好多了，這些天拍戲太累了，嚴重缺乏睡眠，現在好了，精力全都回來了。」

林東為她理了理鬢髮，「那就好，就把這幾天當休假，好好的休息休息。」

柳枝兒鼻子嗅了嗅，「我剛才在睡夢中好像聞到了烙餅的味道。」

林東把床頭櫃上的布袋拿了過來，「你的鼻子還真靈，你要的帶餡烙餅我找來了，還熱著呢，趁熱吃吧。」

柳枝兒大喜，解開布袋，從裏面摸出兩塊烙餅，遞了一個給林東，把自己手中的那一塊放到鼻子底下聞了聞，臉上浮現出驚喜的神色，「啊呀，這餡餅的味道讓我想到我媽烙的，東子哥，你在哪兒買的？」

林東道：「不是買的，是我請一個老鄉現做的，絕對道地！」

柳枝兒已經咬了一大口，嘴巴塞得鼓鼓的，邊咀嚼邊說道：「我們上一次一塊吃餅好像還是在你上高中的時候，就在雙妖河畔，那時候是暑假，你在釣魚，我媽剛烙好了餅，我趁她不注意帶了幾塊出來，到河邊找你一塊吃的。」

林東道：「當時你為了不讓你爸媽看見，把剛烙的餡餅藏在懷裏，肚子上的皮燙得通紅。你是不知道，那塊餅我是和著眼淚吃下去的。」

柳枝兒笑道：「我怎麼不知道，我們小時候看過的一部電視劇，大腳馬皇后不就是那樣偷餅給朱元璋吃的嗎？那時候你還開玩笑說你有皇帝命呢。」

「哎呀，我忘了買點別的了，光吃餅怎麼行啊。」林東抹了抹嘴，「枝兒，你還想吃什麼？」

柳枝兒搖搖頭，「有烙餅已經很好了，我現在什麼都不想吃了，就是嘴巴裏有點乾。」

林東道：「那我叫人去買點湯。」

走到外面，林東從身上掏出五百塊錢，交給了其中的一個守衛，「麻煩你去幫我買一份雞湯過來，剩下的錢就給你們哥倆買煙抽了。」

那人笑著把鈔票裝進了口袋裏，連聲說道：「謝謝老闆。」

過了一個多小時，那人就帶著一壺雞湯回來了，交到林東手上，「老闆，烏雞湯，我親自看著酒店的人熬的。」

林東很滿意，說道：「辛苦了，我會吩咐你們領導給你們發獎金的。」

「不敢不敢，老闆，你已經給過小費了。」那人連連擺手。

林東道：「該怎麼做我心裏有數，你們把門守好了，千萬小心那些娛記，出去吧。」

那人點了點頭就出去了，心裏美滋滋的。

喝了湯之後，柳枝兒讓林東脫了鞋上床，然後她就靠在林東的懷裏，與他聊著小時候的事情。不知不覺之中，已經過了十二點，柳枝兒昏昏沉沉的在林東懷裏睡著了，林東靠在床上，也睡著了。

就在他們睡著之後，林東懷裏的玉片發出了淡淡的光芒，那光芒縈繞在柳枝兒的後腦，如絲線一般在她腦後交織著……

第四章

瘋狗的反噬之力

當狗被踩著尾巴的時候，牠會失去理智的瘋狂反咬一口，六親不認，即便是餵養狗的主人，牠也會毫不猶豫的咬下去。
祖坦廷現在就是隻發瘋的狗，林東正踩著他的尾巴，吃痛之下，本能的掉頭就咬。

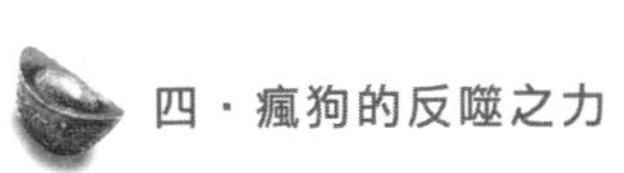

第二天一早，柳枝兒先醒了，才發現自己竟然躺在林東的懷裏睡著了，趕緊把林東推醒。

「怎麼了枝兒？」林東睡眼惺忪的問道。

「東子哥，昨晚你一定睡得不舒服吧，趕緊躺下來睡一會吧。」柳枝兒道。

林東活動活動了上身，後背的確有些不舒服。

這時，一個穿著白裙的護士走了進來，「柳枝兒，準備一下吧，該帶你去做檢查了。」

柳枝兒趕忙下床，一番洗漱，然後又精心的把頭髮梳好，這才跟著護士去做檢查，林東跟在後面。他在檢查室的外面等了沒多久，柳枝兒就出來了，手裏拿著一張片子。

林東把片子要了過來，拿著片子找了個醫生問了問，那醫生只看了一眼，便說道：「沒事了，病人可以出院了。」

「醫生，麻煩您看仔細些啊，顱內淤血，會有突發病情的。」林東擔心這醫生不夠細心。

那醫生笑道：「我看了二十幾年的片子了，不會有錯的，你說的淤血已經消失了，繼續讓你們住院，那我不成了無良的醫生了？」

「真沒了？」林東簡直不敢相信。

那醫生笑了，「你這小伙子還真是奇怪啊，沒了不好嗎？快去收拾東西出院吧。」

林東大喜，卻不知是懷裏的玉片起的作用。

出院之後，林東本想把柳枝兒送回家，但柳枝兒卻堅持要去片場，林東拗不過她，只好開車將她送到片場。因為柳枝兒受傷，劇組已經基本處於停工狀態，柳枝兒一回來，劇組便立刻回到了運轉狀態。

林東在片場觀看了一會之後，就被柳枝兒趕走了，有他在一邊看著，柳枝兒放不開。

在回去的路上，林東給高倩打了個電話，告訴了她柳枝兒的情況，並說好下班之後會回去。

回到辦公室，陳昕薇也是剛回來，將早上新聞發布會的情況簡單的向林東匯報了一下。林東注意到陳昕薇的表情，再不是那副冰冷木然的表情了，心中一塊大石落地，在東華，陳昕薇絕對可以算得上是他的左膀右臂，若是陳昕薇跟他對著幹，那不僅是斷了雙臂那麼簡單，而是自己的手抽自己的臉了。

「陳秘書，謝謝你。」

陳昕薇嫣然一笑，「林總，以後在人後就別那麼叫我了吧，就跟高總一樣，你可以叫我昕薇。」

林東點頭一笑，「好啊，還是叫你昕薇聽著親切。」

高家大宅。

吃過了晚飯，高紅軍把林東叫到了書房，擺開棋局，「小子，陪我下一局。」

林東道：「爸，我棋藝不怎麼樣，恐怕經不住你幾回衝殺，等我家老頭子來了，你就有對手了，他可是深諳此道。」

高紅軍點了點頭，「算時間你爸也快來了吧？」

林東道：「我朋友明天就會送他過來。」

說話間，二人已經走了幾招。高紅軍走一步棋能想到後面的十來步，而林東棋力較差，走一步棋至多顧得上下面的五步。林東知道自己棋力不如高紅軍，所以只求自保，並沒打算贏高紅軍，所以棋局一開始他就採取了守勢，集結重兵，將自家門前堵得嚴，企圖以此限制高紅軍的進攻。事與願違，他的「老將」正是因為自己的保守而被悶死在了九宮格內。

「棋不是你這麼下的，」一局結束，高紅軍適時的教育起了林東，「如果實力懸殊太大，一味防守的話，只會被強的一方逐漸蠶食自己的實力，到時候剩下孤家寡人，就再無半點勝算了，倒不如在還有能力一搏的時候孤注一擲，或許可以險中求勝。」

「再下一局。」

林東上局輸得太慘，這一局剛開始就果斷採取了攻勢，倒是高紅軍收斂了鋒芒，在自家門前擺開了陣勢，將林東殺進來的棋子不動聲色的全部解決了。這一場林東輸得更慘，被高紅軍殺的只剩下雙士護著老將。

「又輸了，守也不行，攻也不行。」林東頹然說道。

高紅軍呵呵一笑，「雙方實力懸殊太大，你一味的進攻，對方只需要閉門家中坐，將你殺過來的力量一一絞殺，到時候你無兵無卒，自然必敗無疑。」

林東茫然的看著高紅軍，心想你剛才說不該一味的防守，現在又批判進攻也不對，我真不知該怎麼做了。

高紅軍看出了林東的想法，笑道：「人說下棋就像做人，其實人生和棋局有很大的不同。一局棋你輸了就是輸了，但是做人，你可以失敗一次，也可以失敗十次百次，你有很多次機會可以重來。或許只要抓住了一次機會，那或許就是你成功的開始。」

林東將高紅軍的話在心中品味了一番，忽有所悟，點了點頭，明白高紅軍是告訴他做人應當堅韌不拔，失敗並不可怕，可怕的是自暴自棄。學會隱忍，等待時機，總有反敗為勝的時候。

「不早了，回去休息吧，等你爸到了，我得跟他好好切磋切磋。」高紅軍笑道。

林東起身告辭，回到房裏。高倩正在給林母試新買的衣服。

「老公，你過來看看媽穿這件好不好看？」

見林東進來，高倩就招呼林東過去。

林母身上穿著一件紫色的唐裝，看上去喜慶，穿在身上顯得人很高貴大方，很增加氣質。

「我媽好像變年輕了許多。」林東驚嘆道。

高倩笑道：「那是，今天我帶媽去做了頭髮，你看現在多洋氣。」

林東一進門就注意到了母親的頭髮，燙成了卷髮，而且染成了酒紅色。

林母嘆道：「倩倩啊，你這是要讓我出洋相哩，等我回了村裏，不知道多少人要在背後指指點點呢！」

高倩笑道：「媽，你這就想錯了，我保證，鄉親們不僅不會在你背後指指點點，反而一個個都會羨慕你，說不定你還能引領一陣潮流呢，到時候村裏人都跟你學，都把頭髮做成這樣。」

林東笑道：「就怕咱鎮上的理髮店沒本事弄得那麼漂亮。」

「不管了，兒媳婦說怎麼好看我就怎麼弄。」林母嘴上雖那麼說，心裏實則歡喜得很。

「媽，爸明天就到了。」

下午回蘇城的路上，邱維佳給林東打了電話，說已經借好了車，明天就會過來。

林母道：「你們還有五天就結婚了，他再不過來還等什麼時候。這個老頭子，家裏早就忙清了，就是拖著不來，等他來了，我可得好好審審他。」

凌晨三點，林東的手機忽然響了起來，將他從睡夢中吵醒。

睜開眼睛看了看號碼，一看是成思危打來的，林東一個激靈，立馬從床上坐了起來。

「喂……」

成思危的聲音十分慌張，「林總，祖相庭可能發現我在找他的黑資料了，我不能繼續留在他身邊了。我已經把收集到的資料都帶在了身上，咱們見個面吧。」

「你在哪裏？」林東沉聲問道。

成思危道：「我在高速公路上，快到溪州市了。」

「我不在那兒，你開車到蘇城來，我會在你下高速路口等你。」

高倩也被剛才的鈴聲吵醒了，等林東一掛斷電話，問道：「老公，發生什麼事了？」

林東邊穿衣服邊說道：「沒什麼，是件好事。你睡吧，我得出去一趟。」

「路上當心點。」高倩囑咐了一句。

林東到院子裏開了車就離開了高家，在路上給李龍三打了個電話，電話響了好久才接通。

「林東，這麼晚了什麼事啊？」李龍三迷迷糊糊的說道。

林東道：「三哥，打擾了，事出突然，你為我準備個安全的地方，我要送一個人過去。」

李龍三聽到林東冰冷的聲音，馬上清醒了，也沒多問，「好，我現在就去辦。辦好了聯繫你。」

林東開車直奔高速路口，他比成思危先到，在車裏等了一個鐘頭，成思危才開著一輛桑塔納出現在他的視線之內。

林東沒下車，給成思危打了個電話，「成先生，看到我的車了嗎，跟著我，不要下車。」

林東閃了兩下前燈，成思危在電話裏「嗯」了一聲。

林東開車在前面，成思危始終與他保持一百多米的車距。

黎明時分，李龍三打來了電話，「林東，地方我安排好了，你把人帶到城北的造鋼廠來，我會在門口等你。」

林東再次撥通了成思危的電話，「成先生，我現在帶你去個安全的地方，我要加速了，你跟緊了。」

「嗯。」

造鋼廠早在六七年前就已倒閉了，據說後來廠房被人買走了。李龍三通知林東帶著人去造鋼廠，林東心裏就猜測當年買走造鋼廠地皮的人應該就是高紅軍。城北這幾年發展迅速，隨之而來的就是水漲船高的低價，造鋼廠那塊地處於城北中心地帶，地價更是翻了多倍，高紅軍即便是轉手賣出，也能大發一筆。

黎明時分，路上車輛稀少，一路疾馳，到城北只花了半個多小時。鑽進了一條小巷子，轉了幾個彎就來到了造鋼廠的門前。李龍三蹲在門口，嘴裏叼著一根煙，見林東的車開了過來，推開了造鋼廠的大鐵門，揮手讓他們開車進去。

等兩輛車都進了廠區，李龍三就從裏面鎖了大門。

成思危停穩了車，連推了幾下車門都沒能推開，太過緊張的緣故，讓他愈發的急躁，越是急躁，車門越是打不開。林東快步走了過去，從外面為他拉開了車門。成思危道了聲「謝謝」，雙臂抱著個鼓囊囊的牛皮紙袋，下車之後緊張的看著四周。

借著微弱的光線，林東看到了成思危發白的嘴唇，感覺得到他身體的顫抖，顯然是緊張之極，「成先生，別緊張，這裏很安全。祖相庭找不到這裏的。」

成思危抬頭看著林東，林東微笑的表情讓他鎮定了幾分，微微點了點頭。

李龍三走了過來，朝成思危看了一眼，一眼就看出了成思危是個警察，不禁眉頭一皺，轉臉對林東說道：「林東，你怎麼把條子帶來了？」

成思危看到李龍三兇神惡煞般的表情，臉上露出畏懼之色。

林東笑道：「三哥，這是我朋友，你別嚇著他。」

李龍三的目光在成思危的身上打量了幾眼，伸出手，哈哈笑道：「兄弟，你好啊。」

成思危硬著頭皮伸出手握住了李龍三的手，感覺就像是握著一塊黑鐵，便知李龍三是個硬漢。

「跟我來吧。」李龍三在成思危的肩膀上拍了兩下。寬厚有力的大手落在成思危的肩上，讓他感到安全，驅散了他心裏的畏懼感。

李龍三打著手電筒，走在前面帶路，邊走邊說：「林東，造鋼廠是五爺幾年前買下來的，一直空著。去年還有個老頭在這看門，後來老頭生病死了，廠區內就很少有人了。把你朋友安排在看門的那老頭以前住的地方，可以嗎？」

林東朝成思危看去，徵求他的意見。成思危點了點頭，他做了幾年警察，自然看得出這裏是個安全的地方，雖然荒僻，不過卻絕對是個絕好的藏身之所。

「這地方挺好。」成思危說道，他只要熬過了這一陣子，等到祖相庭垮台了，自然便可離開這裏重獲新生。

李龍三回頭看了成思危一眼，臉上露出贊許的表情，這破舊的廠區，一個人都沒有，沒有點膽量的人還真不敢住在這裏。

「事出突然，我還沒來得及給這裏準備點生活必需用品。」李龍三對林東道：「天亮之後我就去辦。」

「成先生，委屈你幾天。」林東笑道。

成思危微微一笑，「這裏挺好，就是太安靜了。」話音未落，只聽唧唧喳喳一陣亂響，忽然一隻碩鼠從床底下躥了出來，足有四十公分，飛快的溜走了。

「好傢伙，這裏還有那麼大的老鼠，改天捉了送到鴻雁樓，絕對是一道好菜！」李龍三摸著下巴笑道。

聽他這麼一說，林東和成思危皆是一笑。

「現在你不用擔心太安靜了。」林東朝成思危笑道。

成思危笑道：「幸好我不怕老鼠，我祖祖輩輩都是農民，記得小時候家裏有很多老鼠，膽子很大，晚上都從我的枕頭邊爬，那時我還親手捉過幾隻。」

李龍三嘆道：「聽你這麼說我就放心了，本來我還想要不要給你買幾包老鼠藥的，看來是不必了。」轉而對林東說道：「林東，你們在這等我一會兒，我出去辦點事。」

「三哥，把我朋友的車給處理了。」林東向成思危要了鑰匙，把車鑰匙交給了李龍三。

李龍三看了林東一眼，便知這次的事情不小，點了點頭，「放心，保證不留痕跡。」

李龍三走後，成思危便將懷裏的資料牛皮紙袋交給了林東，「林總，這是我搜集的祖相庭的罪證，裏面的東西足夠他死十八次的了。」

「你是如何得知祖相庭懷疑你的？」林東問道。

成思危至今想起仍是覺得背後直冒冷汗，嘆道：「一定是我做事不小心，讓這隻老狐狸嗅到了味道。我了解他，老狐狸心狠手辣，就算沒確鑿的證據證明我在搜集他的罪證，也會毫不猶豫的除掉我，幸好他安排除掉我的人當中有我在警校的師兄，暗中透漏了消息給我，否則我應該見不到明天的太陽了。」

「那你用自己的手機打電話給我，會不會給祖相庭留下追蹤你的線索？」林東雖然對他們警察辦案的手段不太清楚，但也了解他們的一些手段，心裏不禁有些擔憂，若是祖相庭動用刑偵技術追蹤，肯定可以查到他與成思危通過話，屆時麻煩必然上身。

成思危從口袋裏掏出一只破舊的諾基亞黃屏手機，笑道：「林總不用擔心，我好歹也在下面一線部門做過兩年，怎麼可能會犯這種低級錯誤。其實我有兩個號碼，一個號碼是祖相庭知道的，而另一個則是黑卡，除你之外，沒有任何人知道，他查不到的。」

林東鬆了一口氣，「原來你當初見我之時就已經想好了後路，厲害。」

成思危道：「都是環境所迫，就說老狐狸吧，他有幾個號碼，我至今也只知道一個。」

「等這件事情過去，我就安排你出國，到時候你就可以和曉柔團聚了。」

林東微笑著說道，提及關曉柔，成思危的目光忽地變得溫柔起來，緩緩開口，「昨天我還跟她通了電話，她在那邊很開心。這幾年我跟著祖相庭做秘書，都快在權欲之中迷失了自己，幸好遇到了曉柔，若不然，遲早有一天，現在的祖相庭就是未來的我，我將漸漸變成自己曾經痛恨的那種人。做人，不論何時，都不應該忘記最初的夢想，因為那才是最純真最美麗的！」

二人聊了一會兒，外面的天色漸漸亮了起來，陽光透過落滿灰塵的玻璃窗照進了屋裏，稍稍驅散了房中的陰冷。沒過多久，李龍三就開車來到了筒子樓的前面，招呼二人出去搬東西。

林東和成思危走到外面，李龍三把後車廂打開，裏面除了有衣服、被子、臉盆之類，還有許多食物。

「林東，你朋友那輛車我已經處理了，我帶來了夠他半個月吃喝的食物，條件簡陋，就將就些吧，只有泡麵和罐頭。」

成思危道：「這已經很好了，李大哥，當初我在刑偵隊的時候，為了抓個毒販，愣是在一個點蹲守了一個月，每天光是喝礦泉水吃餅乾。」

「電熱水壺，還有這些大桶的飲用水，我都給你備齊了。」李龍三指著堆得滿滿的桶裝水道。

林東不禁在心裏佩服李龍三粗中有細，難怪能成為高紅軍的左膀右臂。三人將所有東西搬進了房裏，李龍三又給成思危留下了兩萬塊現金。

「沒事最好別出去，這些錢是給你應付不時之需的。」

林東道：「成先生，剩下的你自己收拾吧，我們該走了。」

成思危握住李龍三的手，「萍水相逢，李大哥的恩情我無以為報，只能永記在心了。」

「江湖中人，俠義為先，不必言謝。」李龍三豪情萬丈的說道。

回到高家，高倩見他回來，趕緊把他拉進了房裏，細細盤問起來。

「昨晚你走得匆忙，我沒來得及問你，老公，到底發生什麼事了？」高倩滿懷擔憂的問道。

林東一臉的喜色，如今祖相庭的罪證已然被他掌握。該是主動出擊的時候了，笑著安慰高倩，「不是壞事，你別擔心了。」

高倩見他臉上神采奕奕，便知他並不是說謊哄她，心中大石落地，長長舒了口氣。「這樣就好，害得我半夜沒睡安穩。我讓馮媽給你留了早餐，去餐廳吃早餐吧。」

林東將成思危給他的牛皮紙袋放進了房間裏的保險箱裏。牽著高倩的手下了樓，吃過了早餐，便回到房裏。打開保險箱，把牛皮紙袋拿了出來，將裏面的東西倒了出來，迅速的瀏覽了一下，越看越是心驚。

林東被祖相庭的惡行氣得發抖，往桌上擂了一拳，震得桌上的茶杯都跳了起來。

「千刀萬剮了這傢伙，都算便宜了他！」

林東心中怒罵道，一想到成思危曾經助紂為虐，又是一陣不爽，若非逼不得已，他真不願與成思危這種人共謀事。生了一會兒悶氣，林東就將資料重新放進了牛皮紙袋裏，怔怔的看著紙袋出神，不知該如何處理袋子裏的東西。

正當此時，陶大偉給他打來了電話。

林東接通電話。就聽陶大偉在電話裏語氣急促的說道：「林東，萬源死了！」

「怎麼回事？」林東驚得從座椅上站了起來。

陶大偉道：「他手上有幾條人命，這案子已經結了，下個月就開審了，萬源很難逃脫死罪，但前段時間。我聽說這傢伙在看守所活得非常自在，昨晚卻自殺了，這其中疑點太多了。」

林東冷靜下來一想，便知道萬源應該是被祖相庭滅口了，不由得一陣心驚，「大偉，祖相庭開始行動了，你要小心點。」

陶大偉道：「對了，今早開了個會，上面發下指令，要我們暗中調查祖相庭秘書成思危的下落，據說是成思危畏罪潛逃了。」

林東冷冷一笑，「哼，我看是祖相庭這隻老狐狸著急了才對。如果成思危真的是畏罪潛逃，幹嘛要讓你們偷偷摸摸的去查找他的下落？說到底還是祖相庭心虛，此刻還不敢明目張膽的對成思危下手。」

「別告訴我成思危被你藏了起來。」陶大偉壓低聲音說道。

林東沒說話，陶大偉知道他是默認了。

「好了，我掛了。」

林東掛斷了電話，深吸了一口氣，眼前的牛皮紙袋就如一塊大石壓在他心口，讓他喘不過氣來。再三思考，也只有幾種處理的辦法，第一是將這些東西公諸於眾，引發輿論壓力，逼迫上面調查祖相庭。第二種方法就是把這份資料送到省紀委，最好的情況是省紀委立即著手調查祖相庭，但也有可能資料送過去之後就如同石沉大海。第三種情況，就是把這份資料直接送到蕭蓉蓉的舅舅紀昀的手上，紀昀是個眼裏揉不得沙子的人，肯定會將祖相庭拿下。

第一種方法肯定有效，但肯定會打草驚蛇，祖相庭自知沒有回天之力，唯有畏罪潛逃。第二種方法是理當走的程序，但就怕祖相庭紀委有人，與之沆瀣一氣，包庇祖相庭，那便是給了祖相庭收拾他的時間。

思來想去，林東覺得只有第三種方法最為穩妥，只是如此一來，又得欠下蕭蓉蓉一份恩情。

林東把牛皮紙袋夾在腋下，離開了高家，開車去找陸虎成。

來到酒店，林東沒有直接去找陸虎成，而是先敲開了劉海洋的房門。

「林總，快請進。」

劉海洋一見是林東，心中高興，總算是有個可說話的人了。

林東面沉如水，劉海洋一見他這付表情，便知道是出事了。

「海洋，去把陸大哥叫過來，咱們一塊商量點事情。」

劉海洋默然點頭，出去一會兒就把陸虎成帶到了這邊。

「老弟，出啥事了？」

陸虎成一進門，就急忙忙的問道。

林東指了指放在一邊的牛皮紙袋，「陸大哥，這裏面是江省一位廳級幹部的犯罪證據，我不知該如何處理這東西了。」

他將與金河谷的恩怨講了出來，又將事情的經過簡略的說了一下，也將自己考慮的三種方法說了出來。

陸虎成略一沉吟，開口說道：「第一種方法斷不可取，這其中除了牽涉到祖相庭之外，還有其他人也脫不了干係，這東西一旦曝光，會害死不少人，那這仇就結得深了，肯定會給你添不少仇家。至於第二種和第三種方法，我看不如雙管齊下，把資料複製幾份，送一份給紀委，然後讓海洋帶一份回京城。如果兩天之內紀委沒有動靜，就讓海洋帶著資料去公安部找紀昀。」

林東心中所想與陸虎成所言差不多，重重點了點頭，「行，我看就這麼辦吧。」說完，把牛皮紙袋遞給了劉海洋，「海洋，麻煩你去複製幾份。」

陸虎成道：「不能帶著這東西到外面去，太危險了，我房間裏就有影印機，海洋，到我房裏去複印吧。」

「知道了。」劉海洋面無表情的說了一句，轉身就往陸虎成的房間去了。

林東剛想給蕭蓉蓉打個電話，恰在此時，蕭蓉蓉先打來了電話。電話一接通，就聽電話裏蕭蓉蓉氣喘吁吁的道：「林東，你犯了什麼事？剛才公安廳下來人了，我無意中打聽到是來抓你的。」

林東心中一驚，便知道是祖相庭要玩釜底抽薪這招了。昨晚祖相庭未能抓到成思危，已成了熱鍋上的螞蟻，思來想去，自己對成思危並不薄，實在找不到成思危背叛他的原因，恰巧金河谷去了省城，二人見面一合計，就把矛頭指向了林東。

金河谷得知關曉柔出國之後，便著手調查，發現江小媚和關曉柔都是在林東的安排之下出了國，後來又查到關曉柔背著他偷的漢子就是祖相庭的秘書成思危，仔細一想，便知道這三人都已成了林東陣線上的人。這次趕來省城，他除了有件生意上的事情之外，最主要的目的就是告訴祖相庭，要他小心成思危，卻沒想到成思危已然逃了。

祖相庭估計成思危手裏搞他的資料多半是落在了林東手裏，便決定雙管齊下。一方面暗中派人尋找成思危的下落，另一方面捏造莫須有的罪名，利用手中職權，下令抓捕林東。

「蓉蓉，你別慌，是祖相庭在搞我，我手裏有他的黑資料。有件事我要麻煩你，我想把資料送到你舅舅手裏，可我的人不一定能見到他。」林東處變不驚，冷靜的說道。

蕭蓉蓉道：「這個簡單，你趕緊找個地方藏好，我一會兒就給我舅舅打個電話，然後發給你一個我舅舅的私人電話。你的人只要打那個電話，向他提起我，自然就可順利見到他。」

「嗯，我等你消息。」

林東掛斷了電話，朝陸虎成微微一笑，「老狐狸躁了，正四處找我呢。」

陸虎成皺眉道：「狗急跳牆，事關他的生死，老狐狸肯定會無所不用其極。兄弟，你千萬不能落在他的手裏。」

「沒事，只要資料不被他拿去，他就不敢殺我。」林東目中閃過一道寒光，表情瞬間變得凌厲起來。

很快，劉海洋便將原件複製了三份，帶著東西回到了房中。

蕭蓉蓉給紀昀打了個電話，將情況與紀昀一說。紀昀嫉惡如仇，當即就讓林東的人快快去找他。打完電話，蕭蓉蓉就將紀昀的私人手機號碼發到了林東的手機上，林東將號碼轉發給了劉海洋。

「海洋，這號碼就是公安部一把手紀部長的號碼，你記好了。等到了公安部，便撥這個號碼，就說你是蕭警官的朋友，紀部長自然會有所安排。」

劉海洋將那串數字熟記於心，點點頭，「事不宜遲，我現在就出發。」帶走了一份複件。

林東鄭重的把原件交到陸虎成手中，沉聲說道：「陸大哥，這東西關鍵時刻或許能救我一命，兄弟將此物交托於你，望小心收藏。」

陸虎成知道這東西的分量，林東將性命相托，自然是把他視作最信得過的人，心中感動之餘，又覺肩上擔子沉重，舔了舔乾澀的嘴唇，握著林東的手鄭重說道：「但凡你哥有一口氣在，這東西就不會落在旁人手中。」

林東含笑點頭，拿起另外一份複件，起身說道：「陸大哥，我該走了。」

「兄弟，找地方藏好。」陸虎成叮囑道。

「對了，如果我忽然消失了，麻煩你通知我家人，讓他們不必擔心，我會在婚禮之前出現。」

林東回頭一笑，繼而邁開步子，離開了酒店。

陸虎成眼角微微濕潤，喉嚨裏像是被什麼東西哽住了，想說什麼卻說不出來，眼見林東背影消失，不禁淚濕雙頰。

林東出了酒店就把手機關機了，以防被追蹤，他將手機卡取出之後便將手機扔進了下水道。就在他離開酒店的時候，金鼎投資公司、金鼎建設公司和東華娛樂公司的辦公大樓幾乎在同一時間出現了三五個便衣警察，而與此同時，另外還有幾撥人朝著林東幾處寓所去了。他們都是祖相庭的心腹，奉命帶林東去個地方。

當狗被踩著尾巴的時候，牠會失去理智的瘋狂反咬一口，六親不認，即便是餵養狗的主人，牠也會毫不猶豫的咬下去。祖相庭現在就是一隻發瘋了的狗，林東正踩著他的尾巴，吃痛之下，本能的掉頭就咬。

這種反噬之力，極其可怕。

在生死存亡的關頭，祖相庭已經失去了理智，他只想抱住現今擁有的一切，為此他會動用一切可以動用的方法。

林東把車開到附近的一座公園，然後便把車停在了停車格上，下車之後，找了個報亭買了張黑卡，花了一千塊買了報亭老闆的一部舊手機。插上電話卡之後，林東便給陶大偉打了個電話。

第五章 蛀蟲！

「豈有此理，隊伍中竟有如此蛀蟲！」

紀的氣得臉色鐵青，命人送走了劉海洋，接著就召開了內部會議，研究如何部署行動。參會的人都是辦案子的專家，心知兵貴神速的道理，研究之後，一致決定即刻派專案組趕往溪州市，秘密將祖相庭拘捕，以防他畏罪潛逃。

溪州市市局也已收到了抓捕林東的命令，陶大偉第一時間收到了消息，便知道是祖相庭開始行動了，好不容易脫身離開警局，便立即用公用電話聯繫了林東，卻發現林東的電話已經關機，正當他愁著不知該如何聯繫林東的時候，手機響了。

陶大偉看是一個陌生的號碼，問道：「喂，哪位？」

「大偉，是我。」林東靠著公園裏的一棵大樹，時間差不多是正午，太陽毒辣辣的，此刻公園裏幾乎看不到人。

陶大偉鬆了一口氣：「呼，林東，我還以為你已經被祖相庭的人給抓了。你知道嗎，今早警局來了幾人，要求局裏配合他們抓捕你。」

林東故作輕鬆的笑道：「我已經知道了，祖相庭開始行動了，他想抓到我，逼我交出那份資料。」

「找個安全的地方躲起來，有什麼需要我做的？」陶大偉四下看了看，防止被人跟蹤。

林東道：「你通知高倩，告訴她我這幾天可能不回家了，讓她聯繫不到我不用擔心。」

「林東，你現在該回到高家大宅，有高紅軍的庇佑，我想祖相庭也拿你沒辦法的。」陶大偉道。

林東搖了搖頭，「我不能回去，祖相庭現在就是一隻瘋狗，事關他身家性命的東西在我手裏，他會不惜動用一切手段找出我的。如果我在高家，我岳父肯定不會讓他們把我帶走，兩方誰也不肯讓步，必然會引起衝突。我岳父已經做了多年的正當生意，我不想讓他因為我，而重新動用一些他早已棄之不用的手段。」

陶大偉自知無法說服他，「你自己小心，祖相庭殺了萬源，手上已經有人命了，他不會在乎再多一條的。」

「他暫時還不敢殺我。」林東冷冷道，「沒拿到東西，他絕不敢對我下手。」

掛了電話，林東冷靜下來想了想，絕不能落在祖相庭的手裏，等到劉海洋把東西送到了紀昀的手裏，紀昀必然會部署一系列行動。屆時祖相庭自知無法逃脫罪責，盛怒之下，定會殺他泄憤。

林東不得不承認，現在事情的發展已經有些出他的預料了，早知會這樣，或許在未拿到資料之前，他就應該找個安全的地方躲起來。

「他娘的，什麼道理，老子一點壞事沒幹，卻要東躲西藏。」

他暗罵了幾句，打了個電話給劉強。

「強子，趕緊找一輛車給我，然後把車停在西河公園北門，鑰匙丟在前車輪下。不要問為什麼，照辦。」

劉強什麼都不知道，但聽到林東嚴厲的語氣，便猜是出大事了。他趕忙丟下了店裏的事情，就連林翔問他去哪兒他都沒說。林東之所以打電話給他，而不是打給林翔，就是因為他比林翔膽大。

劉強從租車公司租了一輛帕薩特，把車開到林東所說的地點，西河公園的北門，下車後四處看了看，沒看到林東，但他知道林東肯定就在這附近，說不定正在暗處看著他。他彎腰把鑰匙放在了輪胎下面，轉身走了。

林東在暗處觀察了一會兒，確定劉強並未被人跟蹤，才從公園裏走出來，取了鑰匙開著車走了。剛才那段時間，他一直都在考慮到底去哪裏藏一段時間比較好。他估計出城的各個路口現在應該都有祖相庭的人在盤查，所以是無法離開蘇城了。

本想開車去造鋼廠，不過念頭一閃就被他否定了，萬一祖相庭的人找到了那裏，就會連累成思危也被抓。在蘇城，他朋友也算不少，不過大多數都算是商場上的，把那些人一一在腦海裏過了一遍，卻連一個能讓他放心投靠的都沒有。他入商場的時間雖然不算久，不過卻在不知不覺之中養成了多疑的毛病。

開車在一家快遞公司的門前停了下來，林東低著頭迅速走了進去。

「寄快遞嗎？」裏面的一個女孩微笑著問道。

林東點了點頭。

「是什麼東西？寄到哪裏？」那女孩又問。

林東道：「文件，寄到省城。」

女孩遞過來一張單子：「填一下單子吧。」

林東已事先記下了省紀委的地址，拿起筆迅速的填好了地址，看著那份東西被裝進了袋裏，付了錢，迅速的離開了快遞公司。來到一家便利店門前，林東先是吃了一份盒飯，然後又買了許多水和食物，作為儲備。

開車在外面晃悠了半天，直到夜幕降臨，林東才仔細看了看四周，原來居然開到了古城區，而且是在通往傅家的路上。

「我怎麼到了這裏了？」

林東心中暗道，想起昔日傅家琮說過的話，如果遇上了麻煩，大可以去找他。

「傅老爺子是位德高望重的大人物，就連京裏的大官也視他為座上賓，我若藏在他家，祖相庭必然不敢放肆。」

想到此處，林東就下了決心，打算前往傅家，到了那兒，將事情與傅家父子一說，如果他們收留，便在傅家藏一陣子。

開車到了傅家門前，卻見傅家家門緊閉，院子裏燈火全無，一片漆黑，了無人聲。林東看了看時間，才晚上九點不到，心想不會那麼早就睡了吧，於是便敲了敲門，半晌也聽不到裏面有人回應，倒是把隔壁的鄰居驚動了。

「小伙子，你找傅先生啊，他們一家都去普陀山上香去了。每年這個時候都去，算日子，明天就該回來了。」

林東謝過老太太，心道原來如此，難怪院子裏黑燈瞎火，都怨自個兒來時不問個清楚。既然傅家無人在家，在他家藏身的想法就只能作罷，林東只好上車離開這裏。

還未至巷口，手機就響了，一看號碼是陶大偉的。

「林東，高倩方才給我打了電話，讓我告訴你家中一切安好，你老爹她已經接到高家大宅了。還有，祖相庭的人今天已經進了高家大宅搜了一次，沒找到你，你岳父震怒，若不是高倩從中調和，險些釀出一場械鬥。祖相庭不敢露面，卻讓手下人守在高家大宅四周。高倩讓我告訴你，千萬不要回家。」

林東點了點頭：「知道了，大偉，煩你告訴她，我一切安好，別為我擔心。」掛斷了電話，林東一抹眼角，竟是濕乎乎的。高倩現在懷著孩子，卻要她承擔這份壓力，林東不禁深深自責起來。

開車在古城區慢慢行駛，卻不料遇到了老牛夫婦。

陳家巷的巷子不是很寬，老牛夫婦堵住了林東的路。老牛見到車裏坐的是他，臉上露出喜色。

「林老闆，是你啊。」

林東下了車，朝老牛笑了笑：「有些日子沒見你了，身體還好吧？」

老牛道：「還行，找到了配對的骨髓，再過些日子我就可以做手術了，或許能夠不死。」

程思霞也清楚林東對他們一家的恩情，朝林東鞠了一躬：「林老闆，您宅心仁厚，我們全家永遠都記得你的好。」

林東擺了擺手：「以前的事情就不要再提了。」

「兩個孩子還總是念叨你呢，他們都非常想你。」程思霞道。

老牛笑道：「我家就在前面不遠，去我家坐坐吧，看一看孩子。」

老牛把林東拉到一旁：「大兄弟，你的事情我清楚了，現在外面都在找你，今天晚報上的新聞我看到了，說你指使他人殺害競爭對手。要是把你換成金河谷，那我一定相信，而你，我絕對不相信你會是那種人。去我家躲躲吧，沒人會找到我家的。」

林東朝程思霞望去，只怕老牛肯，他老婆卻不肯。程思霞朝他點了點頭：「大兄弟，老牛的意思就是我的意思，你對我們一家恩重如山，該給我們一個報答你的機會。」

「老牛，嫂子，會給你們帶去麻煩的。」林東猶豫不決。

老牛道：「鬼門關我都走過好幾遭了，我還怕什麼麻煩？你不要多想，既然被我遇上了，這是上天讓我還你的恩情，快些跟我回家去吧。」

林東一點頭：「老牛，嫂子，落難見真情，二位的情意林東永生難忘。」

把車開進了老牛家的院子裏，這院子還是金河谷給老牛的，他怎麼也不會想到，有一天老牛會用這個院子窩藏他的頭號大敵。世事難料，意想不到的事情往往就會發生。

時間不早，老牛在樓上替林東收拾出了一間房。

「大兄弟，二樓一般咱家沒人上來的，我們都住在一樓。待會我把樓道上的門鎖了，孩子們也就上不來了。我會按時給你送飯，如果想吃什麼，就提前告訴我，你嫂子手藝很好，包準讓你滿意。」老牛十分的熱心。

林東握住老牛的手，一時不知該說什麼感謝的話。老牛笑了笑：「不早了，歇著吧。」說完就離開了林東的房間。

這間房的條件很不錯，有獨立的洗手間，家具什麼也全都是新的。本來是老牛夫婦預備著給兒子結婚做新房的，所以收拾了一番。

林東給陸虎成發了一條簡訊，告訴他自己目前安全。陸虎成回了一條簡訊給他，要他藏好，說劉海洋已經到了京城，正在去見紀昀的路上。

林東鬆了口氣，心想自己應該不會在這裏待太久，一旦紀昀拿到了資料，以他的雷霆作風，很可能會連夜部署行動。只要祖相庭一倒台，樹倒猢猻散，他的鷹犬自然也就全都撤了。

「明天是個關鍵的日子！」

林東躺在床上輾轉反側，過了很久才進入了夢鄉。

第二天一早，程思霞將孩子送去上學之後，老牛就把早飯端到了林東的房裏，還給他帶來了當天的報紙。

「如果嫌悶，就看看報紙吧。待會等思霞回來，讓她和我一起把電視搬上來。得了這病，身上沒多少力氣，我一人弄不上來。」老牛笑著說道。

林東擺擺手：「不用麻煩了，我看報紙就行了。」

「豈有此理，隊伍中竟有如此蛀蟲！」

紀昀氣得臉色鐵青，命人送走了劉海洋，接著就召開了內部會議，研究如何部署行動。參會的人都是辦案子的專家，心知兵貴神速的道理，研究之後，一致決定即刻派專案組趕往溪州市，秘密將祖相庭拘捕，以防他畏罪潛逃。

專案組十三名成員星夜兼程，一刻不歇的朝溪州市趕去。紀昀更是罕見的親自掛帥，遙控指揮這次的行動。

劉海洋也是如此，又連夜開著車往蘇城趕去。

第二天一早，祖相庭還在家裏沒出門，專案組的成員就敲了他家的門。祖相庭心知不好，跳窗逃走，但他常年沉溺酒色，早就被酒色掏空了身子，兩條腿托著兩百斤重的身軀沒跑多遠就體力不支了，被專案組成員抓獲，秘密關押在溪州市一處地方。

林東吃過了早飯，拿起報紙讀了起來，已經有好久沒那麼悠閑了，心想就當是給自己放了個假，趁這幾天好好休息休息。不過事與願違，他很快就接到了陸虎成的電話。

「兄弟，海洋回來了，他昨晚見到了紀昀，說紀昀看了資料後氣得摔了茶杯，至於其他情況，他就不清楚了。我估摸著以紀昀的脾氣應該已經採取了行動，不過為了保險起見，你還是再躲一躲，等祖相庭被辦了的確鑿消息傳出之後，你再現身。」

陸虎成壓抑不住內心的興奮，語速很快。

林東鬆了口氣，只要資料能安全送到紀昀的手裏，那祖相庭就算是完蛋了，「陸大哥，替我謝謝海洋，風平浪靜之後，我必然要與他喝上三百杯！」

「海洋，你聽見了沒？」陸虎成開了擴音。

劉海洋憨笑道：「聽見了，林總，到時你可別耍賴。三百杯一杯都不許少。」

說完，倒頭就睡了，很快便響起了如雷的鼾聲。來回這一趟，他開了二十幾個小時的車，鐵打的漢子也撐不住了。

掛了電話，林東心情大好，心靜不下來，也沒法繼續看報紙了，站起來在房間裏來回踱了幾圈，手機又響了。一看號碼，是陶大偉打來的。

「林東，祖相庭可能被辦了，昨天從省城來的人全都撤了。」

陶大偉是剛得到消息，那些人既然是奉祖相庭的命令而來，如果抓不到林東，那是不可能那麼快就撤走的，但卻的的確確撤走了，唯一的解釋就是下命令的這個人出事了。

「是嗎？」林東大喜，陶大偉傳遞來的這個消息，再加上劉海洋帶回來的消息。兩者放在一起驗證一下，幾乎就可以肯定祖相庭已經被辦了。

「這麼說我不必躲躲藏藏的了。」

陶大偉哈哈笑道：「躲什麼躲，趕快回家去吧，別讓高倩擔驚受怕了。」

林東出了房間，打算下樓，卻發現樓梯的門被老牛鎖了，只好敲了敲門。老牛聽到了動靜，以為是林東有什麼需要，趕緊上樓開了門。

「大兄弟，怎麼了？」

林東握住老牛的手，「牛哥，我可以回家了，大對頭完了！」

老牛愣了愣才反應過來，也替林東高興，「太好了，我就說麼，好人有好報，逢兇化吉，你不會有事的。」

林東下了樓來到院子裏，與老牛夫婦告別，開著車離開了陳家巷，半個多小時之後，他就開車到了高家大宅。

高倩見他平安歸來，一句話也說不出來，只是遠遠的站著，默默垂淚。林東上前將她緊緊擁入懷中，安慰她不要哭，可越說高倩哭得卻是越兇。林父昨天下午到達蘇城，仍是不知道出了什麼事情，林母也是，只當是兒子一夜未歸，兒媳婦生氣了。

等高倩平靜下來之後，林東就找高紅軍去了，這件事他總得要給高紅軍一個交代的。

高紅軍坐在書房裏，見他進來，抬頭看了林東一眼，「回來啦。」

林東點了點頭，「爸，讓你擔心了。」

高紅軍放下手中書卷，「麻煩倒不至於，祖相庭膽子再大，也不敢對我怎麼樣。林東啊，咱們是一家人了，這麼大的事情，你不該一人扛著的。如果你事先讓我知道，昨天也就不會那麼被動了。」

林東道：「我想自己解決這件事，不想讓您老擔心。」

高紅軍笑了笑，「你小子是不想讓我插手才對。我不想多說什麼了，你平安無事的回來就好。」

林東從高紅軍書房出去之後，回到房裏，高倩就將昨天幾個公司的情況跟他說了。

「那伙人也去了你的三個公司，他們沒找到你，但是卻把員工們嚇得不輕，不少人都以為你犯法了。昨天昕薇、周雲平和穆倩紅都打來了電話，一方面是向我詢問你的事情，另一方面則是把公司的狀況說給了我聽。現在幾個公司的員工都以為你做了什麼壞事東窗事發跑掉了，公司裏人心惶惶。我已經吩咐他們三個去安撫了，不過效果不太好，情況還在不斷惡化。」

林東看了看金鼎建設當天的股價，昨天和今天都跌停，搖頭苦笑道：「資本市場的消息還真是靈通啊！」

高倩盯著慘綠的盤面微微笑道：「如果你現在出現在公眾的視野範圍之內，我想今天金鼎建設的股價很可能會走出一個過山車的態勢。」

「就讓昨天拋盤的人痛哭去吧。」林東笑道，「我得去三家公司露個面，只要我出現，所有流言蜚語自然就不攻自破了。」

「嗯，早去早回。」

高倩雖然很想把林東留在身邊，卻知道男人當以事業為重，無論什麼時候，她都會給予林東最大的支持。

林東連午飯都沒吃，匆忙趕去公司，第一站無疑就是離他最近的金鼎投資公司了。到了那兒，林東便把公司中層召集了起來，開了一個簡短的會議，穩定了人心。開完短會，他連一口水都沒喝，馬上又火速趕往溪州市。在趕往溪州市的途中，林東給周雲平打了個電話，讓他通知公司中層一個半小時之後在會議室開會。

周雲平聽到了他的聲音，一顆懸著的心總算是落了下來，精神大振，馬上著手安排會議，將消息散發出去。林東到了公司，直接進了會議室，會議室裏已經坐滿了人。

他的出現，引起了一陣經久不息的掌聲。

「不好意思，讓大家為我擔心了。」林東含笑向眾人鞠了一躬。

按照林東的安排，周雲平找來了人負責拍照。等這次會議開完後不久，就有一組照片迅速的放到了金鼎建設公司的官方網頁上，當然，每張照片的焦點都是林東。他要通過這種方式向股民們傳遞一個消息，那就是他沒有犯事！

消息迅速傳播出去，股吧裏很快就有了轉載。有不少昨天聽信林東跑路的股民後悔不已，眼看著慘綠的盤面迅速的拉升，只能扼腕嘆息，悔不該聽信謠言。下午收盤之前，金鼎建設公司的股價已經被封上了漲停板。

開完了會，林東總算是有時間喘口氣。周雲平見他一臉的疲憊，給他送來了熱茶。

「老闆，昨天幾個警察衝進來，真是嚇死我了。」周雲平到現在仍是心有餘悸。

林東笑道：「那你相信他們說的話嗎？」

周雲平搖搖頭，「扯淡嘛不是，咱們公司所有的事情，基本上我都參與了，居然說你買兇殺害競爭對手，真會編故事！不過我了解你，不代表公司所有人都了解你，這消息不知怎麼的就傳開了，不少人都在私下裏議論你，都說你跑了，還有人開始計劃找新東家了。要是你再不出現，我估計就會有一撥人遞交辭職信了。」

「那我真該晚些再出現，多打點動蕩就讓他們不安了，這些員工根本無法與公司共患難，走了也不心疼。」林東道。

「可是你看著股價一天天跌停心疼，所以就出現了，對吧？」周雲平笑道。

林東搖了搖頭，「我出現，不是害怕自己的身家被蒸發，我是害怕傷害了投資咱們公司的股民的信心。如果我想賺錢，就應該躲起來，然後按照吸納股份，等吸足了籌碼，然後再現身，那時候股價大漲，我手裏的股票自然就變得值錢了。」

周雲平對資本運作不是太了解，聽林東這麼一說，還真是這個道理。

「上市圈錢不應該成為公司的最終目的，作為管理者，應該把所有心思放在如何把公司做大做強永保活力上面。我希望有一天，全國各地都有我林東蓋的樓，希望有一天，我能在美國的紐約蓋一棟摩天大樓！」

「老闆，你與許多商人都不同。」

喝完一杯茶，林東就站了起來，他還得去東華那邊一趟。剛從高倩手裏接過東華娛樂公司沒多久，人心未穩，就傳出了他畏罪潛逃的消息，想必那裏才是動盪最厲害的。

在去的路上他就給陳昕薇打了個電話，讓她將公司中層以上的員工召集到會議室。

陳昕薇聽到了林東的聲音，心中一塊大石落地，掛了電話，便開始準備會議。

半個小時之後，林東出現在了東華娛樂公司的辦公大樓裏。他的出現，引來了許多人驚詫的目光。很快，老總回來了的消息就在公司傳開了，那些謠言自然不攻自破。

林東在會議室的門外碰到了陳昕薇，二人目光交匯，林東臉上帶著笑意，陳昕薇卻是忍不住的哭了出來，淚珠順著兩頰就流了下來。

「哭什麼，我不是好好的麼。」

林東拍了拍陳昕薇的肩膀，感覺得到她身軀的顫動，在她耳邊輕聲說道：「裏面很多人，哭花了臉，還讓他們以為我欺負你呢。」

陳昕薇「噗哧」笑了笑，止住了眼淚，拿出紙巾擦乾了臉上的淚痕，跟在林東的身後進了會議室，只是眼睛微微泛紅，有心人一看便知道她是剛哭過。

「讓大家受驚了，」林東站在會議桌的一端，「事情已經都過去了，誹謗中傷我的人，已經受到了應有的懲罰。」

會議室內掌聲雷動，林東的出現，彷彿就是他們的定心丸，這下人人的心都安定了下來。

借此機會，林東與公司的中層好好交流了一番。他在此刻出現，或許也是一個契機，經過這件事情，明顯感覺到公司的人心凝聚了許多。

會議開完之後，已經是下班時間了。從蘇城到溪州市。林東連續開了三場會，略微有些疲憊。靠在辦公室的真皮座椅上，陳昕薇端著杯熱茶走了進來。

「還沒回家啊。」林東聞到了茶香，打起精神，睜開眼看著陳昕薇。

陳昕薇把茶杯放在他面前的辦公桌上，站在辦公桌對面說道：「昨天真是嚇死我了，忽然間就有男人闖了進來，說是警察，我還看到了他們身上帶的槍。幸好你不在，否則後果可就不堪設想了。」

「他們沒為難你？」林東問道。

陳昕薇搖搖頭，「那時候辦公室的門外圍了很多公司的同事，他們怎麼敢為難我，不過倒是問了我知不知道你在哪裏。」

「以後不會有這樣的事情發生了。」林東端起茶杯吹了吹，一口氣喝光了，放下茶杯站了起來。

「昕薇，早點回家。沒事了，今晚好好休息。」

林東關上了辦公室的門，和陳昕薇一起離開了公司，本想立即趕回蘇城，卻在取車的時候接到了楊玲的電話。

「林東，晚上有時間嗎？我想請你吃頓飯。」

林東笑道：「玲姐，我們倆之間就不需要這麼客套了？」

楊玲笑道：「你非來不可，除了謝你之外，我還有別的事情想跟你說。」

「在哪裏？」林東不忍拒絕楊玲。

楊玲已經訂好了地方，說道：「就在水中鮮。」

林東道：「好啊，我正好在溪州市。那我現在就過去，半小時後見。」掛斷電話，便開車往水中鮮去了。

半小時後，林東到了水中鮮，楊玲還未到。在門口等了一會兒，就見到了楊玲的車子，車子停穩，門一打開，一身紫色長裙的楊玲就從裏面鑽了出來。

林東迎了上去，忍不住讚道：「玲姐，你今晚真是特別的美麗。」

楊玲掩嘴一笑，心裏十分受用，哪個女人不喜歡得到心愛的男人誇讚呢。

「久等了，進去。」

二人並肩進了餐廳，楊玲報出了包間的名字，自有侍應生帶著他們過去。

水中鮮的菜以河鮮最有特色，楊玲所點的菜也全部都是河鮮。

「林東，我們公司已經跟金蟬醫藥簽了合同，將作為他們公司上市發行債券的主承銷商。為此，我得敬你一杯！」

楊玲端起酒杯，一口喝了半杯。

林東來不及制止，「玲姐，你酒精過敏的，哪能喝那麼多。」

楊玲笑道：「沒事，開心嘛，多喝點沒事的。」

林東把她的酒杯奪了過來，「不能再讓你喝了，待會沒法回家了。」酒下肚之後，楊玲很快就有了反應，臉色發紅，手臂上開始冒出一塊塊紅疹。

「你看，過敏還喝。」林東責備道。

楊玲從包裏翻出來抗過敏的藥，用溫水送服下去，過了一會兒，症狀有所減輕，林東才放心下來。

「林東，以後我們就不會經常見面了。」楊玲看著林東，忽然說出這麼一句。

林東問道：「什麼意思？」

楊玲道：「我要被調到總公司去了，負責一個部門，恭喜我。」本來她志在於贏得分公司總經理的職位，不過因為這次表現出眾，立下了大功，又有總公司副總在暗中為她使力，躍過了分公司老總這個職位，直接被調到了總部負責投行。

林東心裏有種說不出的滋味，嗓音乾澀，「玲姐，恭喜你了。」說完，自飲了一杯。

「總部在京城，隔了那麼遠，以後見面的機會恐怕不多了。總部那邊催得緊，明天我就得上任去了。林東，我恐怕不能參加你的婚禮了。」楊玲終究是個女人，要她親眼目睹林東牽著高倩，那對她而言絕對是一種殘忍。

林東點了點頭，深吸一口氣，振奮起精神，「玲姐，祝願你以後工作順利，在新的環境中再創佳績！」

晚餐的氣氛比較沉悶，吃完之後，二人就各自開車往不同的方向去了。

車在奔馳，林東的思緒也在奔馳，他的腦海裏翻江倒海，想起與楊玲相處的點點滴滴，不禁有恍如隔世之感。

「她就要走了，要走了，走了……」

理智告訴自己，這或許對二人都是好事，也可說是一種解脫，解脫了楊玲，也解脫了自己。

林東心事重重，沉浸在對往昔的回憶之中，沒有發現有幾輛車正悄悄的跟著他。

第六章

瘋狂的綁架行動

林東暗道糟糕，也不知金河谷從哪兒找來的這伙人，
綁他明明就是為了錢，卻對金錢無動於衷，
著實可怕，心想落在了這伙人手裏，逃出去可就難了。
他用力想要掙斷將他與柱子捆綁在一起的繩子，試了幾次，都是徒勞無功。

車上了高速，高倩打來了電話，問林東什麼時候回家，林東告知已經在路上了，十點半之前應該就能到家。高倩告訴他林父正和高紅軍在下棋，她正在一旁觀戰。

一個小時之後，林東下了高速，渾然不覺已被跟蹤了許久。得知祖相庭被抓之後，繃緊的神經放鬆下來，就連平日的警覺性都降低了許多，因此才未察覺到被人盯了梢。

二十分鐘後，林東就開車到了郊外，往高家大宅的方向駛去。後面那幾輛吉普車忽然加速，等距離他一百米的時候，林東才忽然意識到不對勁。通過後視鏡，可以看到一共是四輛吉普，前面一輛，中間兩輛，後面一輛，以這種隊形衝了過來。

林東忽然意識到了什麼，猛踩油門，希望以速度甩掉他們，就在他加速的一瞬間，忽然一輛中巴車從路旁的林子裏衝了出來，擋在了路上。林東趕緊踩了剎車，輪胎和地面劇烈摩擦，發出刺耳的聲音，一股焦味瀰漫開來。

他的速度一降下來，後面的四輛吉普車就追了上來，將他團團圍住。車門打開，一群黑衣大漢手裏提著刀斧之類的武器，將林東的車團團圍住。

林東坐在車裏環視了四周，已被團團圍住。

「奉勸你什麼都不用碰，尤其是手機！」為首的大漢冷眼看著林東，臉上一道刀疤，從左耳一直斜到下顎，如同一隻百足的蜈蚣，微微一笑，便動了起來，顯得猙獰恐怖。

「下車！」疤臉大漢吼道。

林東只得推開車門，下了車，剛才他已看清了有多少人，四輛吉普車加上一輛中巴，一共來了二十人。雖然這些人都拿著鐵器，不過他並不害怕，以他現在的身手，對付這二十人並不是沒有可能。

林東想著從哪邊打開突破口，以解除眼前四面被圍的局面，餘光一瞥，見西面人少，便動了心思，哪知他還未動，一只黑漆漆的槍口就對準了他的腦袋。

「知道你厲害，砍刀、斧子恐怕制不住你，只有上熱兵器了。」疤臉大漢嘿嘿陰笑了幾聲，又有幾人掏出了槍對準了林東。

聽了這話，林東更加肯定了心中的猜測，說道：「是金河谷派你們來的吧？」

疤臉大漢一愣，隨即冷冷笑了笑，「廢話那麼多有用嗎？咱們收錢做事，替人分憂。來啊，捆了，帶走。」

話音剛落，林東忽覺眼前一黑，腦袋就被黑布套蒙住了，繼而兩手也被捆了起來，有幾人在他背後推推搡搡，將他押進了一輛車裏。

車子開走之後，林東在心裏默默數數，計算時間，約莫三個小時，車子才停了下來。林東心知可能已被帶到了很遠的地方，知道這次是真正遇到麻煩了，遇到大麻煩了，金河谷那麼恨他，難保金河谷做出極端的事情來。

車門打開，林東便被從車裏推了下來。這伙人十分小心，一直用槍口指著林東。

往前走了一會兒，林東也不知道被帶到了什麼地方，似乎到了一個極為空闊的地方，很安靜，腳步聲都可以聽得很清楚。那伙人將他綁在一根柱子上，這才摘下了他腦袋上的黑布套。

一陣刺眼的光線出來，剛剛擺脫了黑暗，林東還未習慣這種光線，被燈光一照，立即瞇上了眼。

過了一會兒，習慣了光線，林東才睜開眼，看了一下四周，原來是一座廠房，像是新建的，裏面什麼機器都沒有，只有幾根支撐棚頂的水泥柱子，足足有一抱之粗。

疤臉大漢拿出手機打了個電話，也未避開林東，林東將他所說的話聽得一清二楚。

「老闆，人我已經給你帶到地方了，剩下的款子該給我了吧？」

疤臉大漢說完，聽那邊說了一會兒，臉上露出了笑容，「行，只要你肯加錢，咱們多忙兩天也沒啥問題。」

掛了電話，疤臉大漢便朝林東笑了笑，「你小子走運，雇主有事暫時不能來，你可以多活兩天。」

林東一聽這話，心裏一涼，便知道金河谷這次是打算痛下殺手了。

「惡狼，飛鷹，你們兩個去買些食物和水回來，我們要在這裏待兩天。」疤臉大漢轉身吩咐道，頓時便有兩個精壯的漢子走了出來，點了點頭，奉命出去辦事了。

林東聽他們都用代號取代真名，看來應當是職業的了，仔細一瞧這些人的體格，一個個都很健壯，腰板挺直，虎背熊腰，倒有點像部隊裏的戰士。

「你以前是軍人？」林東問疤臉大漢。

疤臉大漢有些驚愕，這次倒是痛快的承認了，「你怎麼知道？」

「看出來的，他們也都是軍人吧，你們這伙人的氣質與一般的綁匪不同，一看就像是受過正規系統的訓練的，如果不是在部隊待過，我實在想不出還有其他什麼地方可以培養出你們這種冷酷冷靜又冷漠的氣質。」

疤臉大漢笑了笑，「算你有點眼力，不錯，如果去部隊當個偵察兵，應該也不會差。你可以叫我龍頭，他們都是這麼稱呼我的。」

「龍頭？呵呵，很符合你的身分，你的確可以做他們的頭。」林東看著龍頭，「你既然可以為錢綁架我，不如我們做個交易？」

龍頭點了根煙，笑道：「你想給我錢，然後讓我放了你？」

「金河谷給了你多少，我可以雙倍甚至更多倍的給你，價錢嘛，總是可以商量的。」林東道。

龍頭臉色一冷，「你太小看我了，雖然我已經忘記了作為一名軍人應該具有的忠於國家忠於人民的信念，雖然我已成為一個徹徹底底的混蛋，不過有一個原則我卻不會違背。收了他的錢，那麼你的錢我就肯定不會收，你給再多也沒用。若是違反了這條原則，你讓我以後還怎麼接活？」

林東暗道糟糕，也不知金河谷從哪兒找來的這伙人，綁他明明就是為了錢，卻也能對金錢無動於衷，著實可怕，心想落在了這伙人手裏，逃出去可就難了。他用力想要掙斷將他與柱子捆綁在一起的繩子，試了幾次，都是徒勞無功。

龍頭扔掉了煙頭，「不要白費力氣了，這種繩子是專門對付特工的，你越用勁它就越緊，一流的特工也沒法掙脫這繩子的束縛，我勸你還是省省力氣，老實一些，否則別怪我不給你飯吃。」

林東心急如焚，他被捆在這裏，高倩卻還在等他回去，恐怕她現在已經快急得瘋了，想到高倩肚子裏還懷著孩子，心中驀地升起強烈的求生欲。無論怎樣，他都不能絕望，要堅信總會有機會出現的。

過了一會兒，龍頭吩咐兩個叫著大貓、老鬼的人留下來看著林東，他和其餘的人就都進了車裏睡覺去了。林東自知暫時無法掙斷繩子，根本無法逃走，只好閉上眼睛，強迫身體進入睡眠狀態，以便養精蓄銳，等到天亮之後再尋找機會逃走。

也不知何時才睡著，等到再次睜眼，太陽都已升起來了。

「睡得可好？」

龍頭比林東先醒，見他醒來，笑問道。

林東哼了一聲，「睡得好不好，你可以把自己綁了試試。」

龍頭笑道：「那滋味我早就試過了，還不賴，到現在還有時候會回味一下。」

林東低頭不再說話。

龍頭繼續說道：「為了保險起見，我們一天只會讓你吃一頓飯，剛睡醒。一定餓了吧。我現在就讓人餵你吃飯。」

「黑虎，你過來餵林老闆早餐。」龍頭掉頭叫了一句，很快便走過來一個壯漢。

黑虎撕掉麵包外面的包裝袋，「把嘴張開。」

林東張開了嘴，黑虎倒也不是看上去那麼粗魯，對待林東十分的人道，林東咬幾口麵包，他就給林東喝口水，耐心的「伺候」林東吃完了麵包。只是一塊不大不小的麵包怎麼經得住一天的消耗，龍頭這樣做，正是讓林東沒有力氣逃走。

又到了晚上。整個白天，林東除了昏昏沉沉睡著的時間，其他大部分的時間都在想像家裏人該如何擔心他。昨晚他沒有回家，高倩又聯繫不到他，應該已經派人找他了。現在應該已經找到了他的車，應該已經知道他出了事。高倩的淚眼和母親的哭聲時時刻刻在他眼前浮現，他彷彿看到了父親蒼老了十歲，佝僂著身子站在門口一根接一根的抽著煙，彷彿看到了高紅軍雷霆震怒，指著李龍三的臉罵他辦事不力。

又做了個噩夢，林東夢到母親急壞了腦袋，變得癡癡傻傻的，猛然從噩夢中驚醒。立時便感到四道目光射了過來，黑虎和老蛇今晚負責看守林東，見他突然驚醒，皆是一驚。

「做惡夢了吧？沒事，等到明天那人來了，你就可以解脫了，到時候就再也不會做噩夢了，你將到達一個沒有哀傷悲喜恐懼的世界。」老蛇看著林東驚魂未甫的臉說道。

「明天，明天……」

林東嘴裏念叨著，猛然發現，後天就是他和高倩舉行婚禮的日子，心口驀地一痛，簡直難以忍受。一天二十四小時，無時無刻都有人看著他，他稍微一動，便會被喝止，更別說那連優秀的特工都沒法掙脫的繩索。

一陣絕望感湧上心頭，林東雙拳握緊，瘋狂的掙扎，企圖掙斷繩索，卻不論他如何掙扎，卻只感覺到繩索勒進肉裏的疼痛感，無論如何也掙脫不開，白白的耗盡了全身力氣。

「你當我們老大騙你不成？蠢貨，你力氣再大，這繩子你也掙脫不開的，省點力氣吧。」黑虎笑著搖頭。

林東劇烈的喘息著，咬緊了牙關，過了一會兒，竟又掙扎了起來。黑虎和老蛇也未制止，任他掙扎，一刻鐘過後，林東再次耗光了力氣，又安靜了下來。

老蛇嘆道：「黑虎，這小子的力氣還真不小，我看比你還大。」

黑虎天生力大，聽了這話，心裏很是不爽，「老蛇，你胡扯什麼？就這小子這小身板，力氣能有我黑虎大？你信不信我一隻胳膊就能辦掉他？」

老蛇搖了搖腦袋，「你看他剛才多猛，那麼粗的柱子都被他掙得搖晃不止，我都害怕這小子把柱子搞斷了。你能嗎？」

黑虎心裏不服氣，走到旁邊一根柱子旁，後背往柱子上一貼，「老蛇，讓你見識見識什麼叫神力。來吧，拿繩子把我捆起來，我讓你見識一下。」

老蛇臉上露出一絲狡黠的笑容，「黑虎，你說的這是什麼話？我怎麼能綁你呢？你力氣雖然不如這小子，不過也夠大了，我又沒笑話你。別鬧了，趕緊過來。」

黑虎犯了倔，他平生最引以為傲的就是力氣，能單臂舉起一百五十斤重的啞鈴，卻受不了別人力氣比他大，聽老蛇這麼說，氣不過，非要證明給他看。

「老蛇，快過來把我綁了，今天要是不讓你心服口服，我黑虎以後就不叫黑虎了。他奶奶的，是兄弟的你就給我過來。」

「唉，那就遂了你的意吧，不然以後你覺都睡不好了。」老蛇嘆道，拿著繩索走了過來，把黑虎結結實實和柱子捆在了一塊兒。

「黑虎，你可以開始了。那小子猛力掙了一刻鐘才消停，只要你能掙超過一刻鐘，那就證明你的力氣比他大。」

黑虎嘿嘿笑了笑，深吸一口氣，便開始猛烈的掙扎起來。正當他憋紅了臉，奮力掙扎的時候，老蛇忽然目光一冷，揚起了手裏的鐵棍，一棍子砸在黑虎的後頸上，黑虎還沒來得及出聲，人就軟了，昏死了過去。

老蛇迅速走到林東身旁，此刻其他人都在熟睡。

他拿著槍指著林東的腦袋，低聲道：「林老闆，龍頭不跟你做生意，我可以跟你做。」

林東聞言，就像是看到了一線曙光，心中大喜，忙問道：「你要多少錢？」

老蛇伸出五指，「五千萬，怎麼樣？」

林東朝停在廠棚裏的幾輛吉普車看去，老蛇明白了他的意思，笑道：「不用害怕，他們醒不來。水和食物都是由我負責分配的，我在水裏動了手腳，他們暫時醒不來的。」

林東鬆了口氣，「行，我給你五千萬。」

老蛇點點頭，「很好，我喜歡你這樣的痛快人，龍頭就是太有原則了，幹咱們這行，要那麼多狗屁原則做什麼？兄弟們分到更多的錢才是最實在的。我早就看不慣他那一套了，幹完這一票，老子就洗手不幹了，找個地方，享受餘生去。」

老蛇一邊說話，一邊割斷了繩索，不過槍口始終頂在林東的腦袋上。

「我帶你去另一個地方，等拿到錢才能放了你。林老闆，再委屈你一下，到了地方，麻煩你打電話通知家人準備贖金。」

老蛇押著林東快步往外走，上了一輛空的吉普車，把鑰匙交給林東，「你負責開車，聽我的吩咐走。不怕我的槍走火崩了你的腦袋，你盡可以耍花樣。」

林東打著了火，吉普車抖動了幾下，緩緩的開出了廠棚，離開了這個新建的工廠，外面是大片的農田，一望無際，林東才知道這地方有多偏僻。一路上老蛇手裏的槍始終未曾離開林東的腦袋，他的話很少，只是在到了路口的時候才會吩咐林東往哪走，七繞八繞，像是故意讓林東記不得路線似的。

終於車在一個河岸上停了下來，老蛇催促林東下車。

河堤上有間瓦房，方圓十里，除了這裏有間房，其他根本看不到有人家。

「林老闆，勞你費力，把車推下河。」

林東不禁佩服老蛇的老謀深算，看來這個計劃在他心裏已然密謀許久了。把車推進了河裏，夏季河水暴漲，很快吉普車就沉入了河底。老蛇指著那間瓦房，催林東朝那邊走去，他走在林東的後面，槍口抵在林東的腰上。

到了門前，老蛇掏出鑰匙，交給林東讓他開門。林東一開門，借著月光，看到桌上有蠟燭、食物和水，心裏更加肯定老蛇是早有預謀。

老蛇讓林東點燃了蠟燭，然後就將林東的兩手捆了起來。

「林老闆，不要怪我要價要得高，你該感激我，我可是你的救命恩人。有人要殺你，如果不是我把你救出來，你明天必死無疑。區區五千萬，就當是你答謝我的救命之恩吧，嘿嘿……」

林東道：「老蛇，我的命是你救的，給你五千萬我不心疼。告訴我，是金河谷要殺我嗎？」

老蛇搖搖頭，「這我就不知道了，龍頭接活一向是單線聯繫，我們只負責做事，他從來不向任何人透露主顧的信息。」

「你幹嘛不殺了龍頭他們？」林東不解的問道：「不怕他們醒來後找你算賬嗎？」

「他們醒不來了，他們會在睡夢中告別世界。至於黑虎，嘿，自作自受，會被捆在柱子上活活餓死。我本來還想拉他入伙的，可那蠢笨的東西非要跟你比力氣大小，正合我意，少一個人分錢。」

「渴了餓了就跟我說一聲，我不學龍頭，絕對讓你吃飽喝足，不會虐待你。」老蛇嘴裏叼著一根煙，眯著細長的眼睛，微笑著看著林東。

林東點點頭，「我現在就很餓很渴。」只在早上吃了一塊麵包，肚子早就空了。

老蛇丟掉煙頭，撕開一袋真空包裝的雞腿，送到林東嘴邊，吃完之後又撕開了一袋。林東一連吃了四根雞腿，這才覺得不餓，心想必須得多吃點，盡快恢復體力，等到有了機會，才有力氣逃走。老蛇說了一番漂亮的話，想從心理上讓林東認為是他救了自己，林東卻一點也不領他的情，心想你們蛇鼠一窩，全是一路貨色，救出我還不是為了錢。

見林東吃飽喝足，老蛇就把手機掏了出來。

「林老闆，我也想盡早放你回家。你給家裏人打個電話吧，只要我收到了錢，立馬就會放了你。對了，我要現金，還有，給我準備一輛車，告訴他們千萬不要報警，否則後果不堪設想。」

老蛇淡淡笑道：「報個號碼給我，我替你撥。」

林東報出了高倩的手機號碼，老蛇撥完了號碼之後就把手機放到了耳邊，只響了「嘟嘟」兩聲，電話就接通了。河邊的小屋異常靜謐，林東已經聽到了高倩焦急的聲音。

「喂，你是誰？」

老蛇嘿笑道：「林夫人是吧，我是林老闆的恩人，林老闆現在在我這裏，他非常的安全。你等著，我讓他跟你通話。」

老蛇打開擴音，把電話送到林東嘴邊。

「林東，是你嗎？」高倩的聲音劇烈的顫抖著。

林東強壓住情緒，不讓自己的聲音表現出異常：「倩，是我，你別擔心。別說話了，聽我說，你準備五千萬現金和一輛車，最重要的是千萬不要報警。明白了嗎？」

「五千萬嗎？行。不過家裏一時間湊不齊那麼多現金，能否給我點時間準備？」高倩這話是說給老蛇聽的。

老蛇略一沉吟，說道：「可以，天亮之前準備好，明早五點鐘，我會再給你打電話，如果還沒準備好，恐怕林老闆就要吃些苦頭了。」

高倩忙道：「一定準備好，你別為難他，我現在就去籌措。」

老蛇「啪」的按掉了電話，朝林東嘿嘿笑道：「林老闆，看來你老婆還挺緊張你的，恭喜你啊，娶了個好媳婦。」

高家大宅燈火通明，高倩的房內，林家二老和高紅軍都在。

林家二老畢竟是農民，遇到這種事，早已嚇得沒了主意，只求兒子能平安歸來。

高倩長長舒了口氣，「幸好是綁匪不是仇家，他要五千萬，就給他五千萬。」

此刻最冷靜的人是高紅軍，不是他不緊張女婿的生死，而是這種事情，他經歷過多次。

聽完高倩的講述，他緊緊皺著眉頭，緩緩開口：「倩倩，這件事很蹊蹺啊。如果是綁匪，為什麼那麼久了才打電話來要錢？這一點我怎麼也想不明白。」

高倩心繫林東的安危，根本沒法靜下心思考，「爸，那我們到底該怎麼辦啊？」

高紅軍道：「我想來想去只有一種可能。林東的仇家花錢請人綁架了林東，而那伙綁匪貪得無厭，想要兩邊收錢。」

「什麼？」林家二老聽了這話，已然嚇得面無血色。

「那我該怎麼辦？」高倩淚眼婆娑，看著高紅軍。

高紅軍道：「我也想不出別的法子，先籌錢吧，走一步看一步。」把李龍三叫到面前，讓他火速去籌措現金。高紅軍經營的生意多半是娛樂業，現金周轉靈活，五千萬雖然是個大數目，不過在五點之前籌到卻沒問題。

河邊的小屋裏，老蛇把玩著手裏的手槍，不時的朝窗外看一眼，顯得微微有些煩躁。一刻沒收到錢，一刻沒安全離開，他都無法定心。林東一直閉著眼睛，不知為何，心靜下來之後，感官變得特別的靈銳。他甚至聽到了屋子外面一隻蛐蛐正在草叢裏叫喚，老鼠在牆角爬行，感覺到一隻魚躍出水面水波產生的震盪感。

這種感覺，真是前所未有！

凌晨四點，林東忽然睜開眼睛，他感到了地面的震動，似乎聽到了幾里外有一輛車正朝這邊駛來。這裏十里之內都沒有一處人家，荒僻之極，誰會在凌晨時候往這邊來呢？

他朝老蛇看了一眼，這傢伙似乎熬不住了，一手托腮，正在打盹。

「按老蛇的說法，龍頭他們已經完蛋了，根本不可能是他們。家裏人也不知道這個地方，也不大可能找到這裏？那能是誰？」林東腦筋飛速的旋轉著。

耳朵旁汽車行駛的聲音突然消失了，林東不禁一愣，剛才聲音越來越大，似乎離此只有一里地了，為什麼聲音會突然消失了？

一里外的土路上，一輛吉普車緩緩停了下來。門一打開，跳下來的竟是黑虎。黑虎走到車門的另一邊，來開車門，把一人扶了下來。那人似乎極為虛弱，抬起頭看了看月亮，月光照在他的臉上，一道蜈蚣狀的疤痕從他的耳後一直斜拉到下顎，面目猙獰恐怖，竟是龍頭！

龍頭曾是最優秀的戰士，也曾是最優秀的殺手，多次與死亡擦身而過。老蛇雖然布置周全，但卻低估了龍頭的實力。龍頭雖然也喝了水，但那藥物卻未能要了他的命，在他感覺到不對勁的時候，就開始猛烈的捶打腹部，將腹中所有的東西都吐了個乾淨。老蛇和林東的對話他聽得一清二楚，只是那時他身體虛弱，出來的話也只會成為老蛇的槍下亡魂，所以就按捺不出，等老蛇挾持林東走了，才從車裏出來，將綁在柱子上的黑虎解了下來。

「老大，前面的河坡上有間房子，你說老蛇會不會藏在裏面？」

龍頭的表情極為悲痛，被手下背叛的滋味實在是不好受，他深吸了一口氣，開口道：「他肯定就藏在前面的小屋裏。」

黑虎不知他為何那麼肯定，「老大，你怎麼知道的？」

龍頭道：「你看看地上，是不是有和咱們一模一樣的車印？再看看這條路，再往前面走兩里路不到就斷了。這荒郊野外的，他不藏在那間小房裏，能藏哪兒？」

黑虎朝前面看了看，摸摸腦袋，「還是老大厲害。老大，上車吧，咱們去幹掉那個叛徒！」

龍頭擺擺手，「不能開車，會驚動他的。不遠了，這一里路咱們就步行吧。」

「可是老大你的身體？」黑虎擔憂道。

龍頭笑了笑，「不礙事，已經好多了。黑虎，檢查槍支，備足彈藥，咱們去殺蛇！」龍頭目中寒光一閃，他最無法忍受的便是自己人的背叛，已動了真怒，誓要親手宰了老蛇。

二人檢查了槍支，帶了一些彈藥在身上，黑虎扶著龍頭，緩緩往前面的小屋走去。

車聲消失後不久，正當林東百思不得其解的時候，腳步聲又傳了過來。他猛然明白了過來，一定是來者害怕開車過來驚動了老蛇，所以才在一里外捨了車子，下車步行過來。

林東凝神細聽，隨著龍頭和黑虎越來越近，聽到的腳步聲也就越來越清楚。

「兩個人，一個腳步沉穩有力，一個腳步似乎有些輕浮。」

林東看了一眼老蛇，這傢伙還在打盹，絲毫未察覺到危險臨近。

過了一會兒，腳步聲越來越近，似乎離此不到三十米了。老蛇忽然睜開了眼，騰地站了起來。

「怎麼了？」林東問道，心道難道這傢伙也聽到腳步聲了？

龍頭的這支隊伍裏，每個人的代號都不是隨意取的。黑虎之所以叫黑虎，是因

為他力氣很大，有牛虎之力。老蛇之所以叫老蛇，是因為他狡猾異常，對危險有一種天生的敏銳感。

「有人來了！」老蛇沉聲道，握緊了手槍，他也很奇怪，會有誰找到這裏。

「小子，如果你的家人敢耍花樣，那他們就等著替你收屍吧！」老蛇冷冷盯著林東，他壓根就沒想到來的可能是龍頭，因為在他心裏，龍頭已經是死人了。

「你待在這裏別動，我出去看一下。」老蛇感覺到來的人距離小屋不遠了，不能待在屋裏坐以待斃，說完就開門走了出去，不過卻是將門從外面鎖了。

龍頭對老蛇十分了解，所以越是離小屋近，他越是小心，已經和黑虎分開了，借助河坡上的野草遮擋身軀，一左一右，互為掩護。

老蛇握著槍衝到了門外，忽然俯身把耳朵貼在了地上，聽到了雜草中傳來的腳步聲，知道來的是兩個人。他連忙找地方隱藏了自己，不敢率先開槍，他不知道來的人手裏有沒有槍，如果他開了第一槍，最多只能幹掉一個，那麼同時也就暴露了自己的位置，很可能被另外一個幹掉。

龍頭和黑虎用手勢做交流，走到離小屋二十米的地方，龍頭下令停止前進。

龍頭打了個手勢，示意黑虎找個東西扔出去，吸引老蛇開火。黑虎彎腰在周圍的地上摸了摸，摸到一塊拳頭大的石頭，按照龍頭的吩咐，往右邊的河坡扔了過去。

老蛇聽到了動靜，但卻沒有開槍。他知道一旦開槍就會暴露了方位。

龍頭臉上閃過一抹冷笑，他本就沒想到一下子就能引老蛇現身，不過不用擔心，他之所以能做這伙人的老大，那是因為他比隊伍中的每個人都要強，強很多。

龍頭又打了個手勢，下命令讓黑虎慢慢朝小屋靠近。他知道老蛇不可能時時刻刻都把林東帶在身邊，肯定把林東留在了房子裏。而林東則是他釣老蛇現身的誘餌，沒了林東，老蛇的心血就算白費了。只有林東在他手上，他才能拿到贖金。

黑虎在河堤上的雜草叢中迅速穿行，他不停的加快速度，以躲開老蛇隨時都可能射過來的子彈。

老蛇聽到了動靜，已確定了黑虎所在的位置，雖然黑虎在快速移動，但他卻有十足的把握一擊命中。蛇，是一種要麼潛伏，要出擊就要一擊建功的動物！老蛇就是要麼不出手，一出手就要收效的人！

當他發現黑虎正不斷朝小屋靠近的時候，為了屋裏的獵物，他終於按捺不住了，甩手開出了一槍。槍口火光一閃，一顆子彈準確無誤的射中了黑虎的一條腿。

當黑虎發出慘呼的同時，龍頭從草叢中站了起來，大喝一聲：「老蛇！」

老蛇聽到了龍頭的聲音，微微一愣，還沒等他想明白為什麼龍頭還活著的時候，龍頭的槍已經響了。老蛇知道自己這輩子結束了，因為他清楚龍頭的槍法，龍頭從來不浪費子彈，殺一個人，他從來都是一彈要命！

老蛇卻不甘心就那麼死去，朝著龍頭開出了一槍。扣動扳機的那一剎那，龍頭槍中射出來的子彈擊中了他的眉心。老蛇一瞬間就失去了意識，永遠告別了這個世界，最大的遺憾就是不能親眼看到自己射出的那一槍擊中了龍頭的肩膀。

如果不是龍頭身體還未完全恢復，只能發揮得出平時一半的實力，就算是三個老蛇同時朝他開槍，他也不會中彈。

「黑虎，沒事吧？」

龍頭一手持槍，一手捂著肩膀，黑血汩汩的從傷口流出。

「老大，老蛇射中了我的腿，我死不了。林東還在小屋裏，快去抓他！」黑虎忍住劇痛，絲絲的吸著氣。

第七章

現代關公取子彈

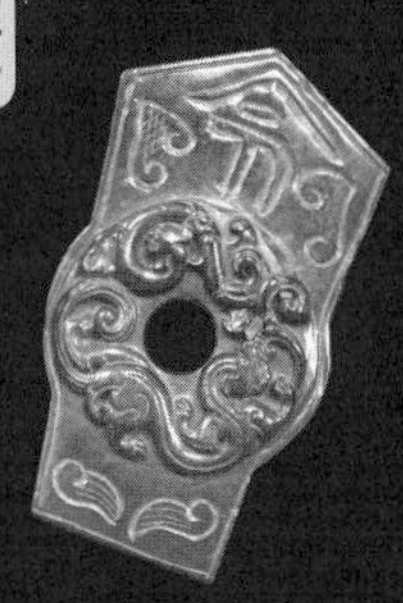

做他們這一行的，與刀槍打交道，受傷是難免的，黑虎這是第一次受槍傷，不過他挺過來了。

在他們這些人當中，取子彈從來不需要麻醉藥，甚至不需要醫生。

龍頭將刀上的污血擦了乾淨，又把刀放在了酒精燈上烤了烤，然後拿著刀對準了自己肩上的傷口。

他要親自將裏面的彈頭取出！

林東在小屋裏聽到了槍聲，也聽到了龍頭和黑虎的對話。知道若是落入了龍頭的手裏，自己斷無生還的可能。心一橫，只有兵行險招，冒一次險了。老蛇只綁了他的手，沒綁了他的腿。林東走到門後，深吸一口氣，抬起腳，使出全身力氣，一腳就把木門踹翻了，朝門外衝了出去。

龍頭正朝小屋趕來，見一道人影從屋裏躥了出來，舉槍就射。林東聽到槍聲，激發出了全部潛力，跑得更快。龍頭因為肩膀受傷，失了準頭，連開幾槍都沒能擊中林東。一盒彈夾打完，林東已經跑到了河邊。龍頭匆忙追了過去，沒跑出幾步，就見林東一躍而起，落進了大河裏，只聽噗通一聲，人就沒了。

龍頭站在水邊，出神看著大河。黑虎拖著瘸腿走到他身旁。

「老大，那小子逃了，怎麼辦？」

龍頭指著水面，「黑虎，你看著水流，多麼湍急啊，我看到他被綁著雙手，河水那麼深，流得那麼急，一個被綁著雙手的人跳下去，還能有命嗎？」

黑虎折了一根蘆葦扔進了河裏，蘆葦漂浮在水面上，沒幾秒鐘，就隨著河水流出了他的視線之內。

「老大，看來我們是不用追了，那小子肯定被淹死了。」

龍頭點了點頭，「走吧，老蛇已經死了，咱們也算是為死去的兄弟報了仇。林東也被淹死了，也算是對雇主有了交代。這件事就到此為止吧。黑虎，等傷好了，我帶你離開這個國家，咱們找個美麗的地方安度餘生。」

黑虎眼冒淚花，「老大，咱們出來的時候是二十個兄弟，現在就剩咱們兩個了，我心裏難受啊。」說著，趴在河邊嚎啕大哭起來。

龍頭看著湍急的河水，月光下，他的雙目之中分明有亮晶晶的液體在閃動。

林東知道落在龍頭手裏就是個死，他被老蛇帶到這裏的時候記住了小屋前面大概二十米是條大河，所以當龍頭朝小屋走來的時候，他知道無路可逃，只好選擇賭一把，從水路逃生，當然，也有可能被淹死，成了水裏魚兒的美餐。

夏季河水暴漲，洪峰來臨，河水十分湍急。林東跳進了水裏，整個人就像片樹葉，被洪水卷了進去，隨波漂流。他雙手被綁，壓根沒法划水，只能憋著一口氣，被洶湧湍急的河水攪得翻滾不止，漸漸沉向了河底。

這滋味好不難受，被洪水沖得七葷八素，意識都快模糊了。林東心想，早知道會被水淹死，還要死得那麼痛苦，倒不如讓龍頭的槍打死來得痛快。正當他絕望之際，身子忽然停了下來，雙手傳來劇痛，原來是被河底的一塊大石擋住了，而大石突出的嶙峋部分就在他的兩手之間。絕望中看到一線曙光，林東心頭大喜，奮起餘力擺動手臂，讓繩子與石頭相互摩擦。就當他快要憋不住氣的時候，繩子終於被磨斷了。

雙手的束縛解脫了，林東雙腿用力一蹬，兩手奮力向上划，終於浮上了水面，換了一口氣。林東近乎貪婪的吸著氧氣，順著水流漂流。他看了看兩岸，水面十分寬闊，而他正處在河面中間，以現在水流的速度，他根本不可能划到水邊。

「這是什麼地方？前面會不會有大閘什麼的？」

劫後餘生，林東並沒有開心太久，很快就意識到了自己並未擺脫死亡的困擾。以他現在的體力，根本不可能支撐得了多久，如果前方有大閘泄水，那水流可能要比這裏湍急十倍，那就真的只有長了翅膀才能僥倖不死了。

林東借助水流的力量，只讓自己浮在水面上，並不怎麼出力，暗中蓄積體力，尋找上岸的機會。

「河神啊，這次我若是能活命，以後年年供奉三牲孝敬您！」

順流而行的林東感到水流的速度越來越快，又往前漂了一會兒，忽然下起了大雨。豆大的雨點密集的砸了下來，林東幾乎睜不開眼睛。

「鬼天氣！我最近真是霉運纏身啊！」

林東冒出腦袋，大口吸了一口氣，只覺空氣稀薄，就快要喘不過氣來了。

不知又往前漂了多久，天邊漸漸泛起了一抹魚肚白，下了半夜的雨，終於也停了。

在水裏泡得太久，林東只覺得自己全身的力氣正在慢慢散去。他感覺到水流越來越快，似乎已經是昨晚跳進河裏時候的一倍速度了。

「為什麼水流得那麼快？」

林東不禁皺緊了眉頭，恐怕他擔心的事情就要發生了，前面，或許真的有正在泄洪的大閘，看這樣的速度，應該就在不遠處。林東開始懊悔起來，早知道前面有大閘，就應該昨晚奮力朝岸邊游去，現在就算他想奮力，也沒多少力氣可用了。

行至不遠處，隨著河道的改變，水流忽然變了方向，林東被水流牽引，轉了個大彎，只覺頭暈目眩。睜眼往前看去，頓時嚇得魂飛魄散，大閘已然在望，就在他前面五六里外。以現在的速度，估計不到十分鐘就能到那。

在林東的視線裏，除了雄偉恐怖的大閘，還有一棵倒了的大樹，樹桿橫在水面上，只是那棵大樹離大閘非常的近。

林東心想那棵樹恐怕是他最後的機會了，能不能逃出生天，就只能靠那棵大樹了。如果錯過了那棵大樹，他將隨著洶湧的洪水進入大閘，淹沒其中。

水流的速度越來越快，林東越來越緊張，同時強迫自己不要驚慌，調整呼吸，蓄積力量。他在心裏默默的倒數計時，水流的速度太快，不能到了那棵大樹跟前再躍起，他準備在離大樹兩米的時候就從水中躍起。

「十、九、八、七……」

當數到一的時候，林東用盡全身力氣，猛然從水中躍起，極力伸長胳膊，終於讓他抓住了樹桿。全身的力量已然耗竭，他抱住樹桿劇烈的喘息著，低頭看了看身下的河水，驚魂未甫。再一次與死神擦肩而過，他卻提不起一絲的興奮，心裏說不出是什麼感覺。

稍稍恢復了一點體力之後，林東就開始尋找回到岸上的法子。大樹斜橫在水面上，不時的有洪濤拍打到樹幹上，整個樹幹上滑不溜丟，他稍微一動，便晃個不停。

正當林東想著要不要冒險從樹幹上爬過去的時候，忽然看到了岸上有一隊人經過，看他們的服裝，像是當地的農民，一個個手裏拿著鐵鍬之類的器具。

林東大聲呼救：「老鄉，救命啊！老鄉，救命啊……」

岸上的這隊人是附近的農民，是村裏的民兵連的人，洪水泛濫，他們晝夜都在大堤上巡視，以防堤壩決堤。

「有人求救，你們聽到了嗎？」其中一個二十多歲的小伙子道。

聽了這話，所有人都停下了腳步，細細凝聽。林東見他們停止了前進，於是就更加賣力的喊了起來。

「救命啊，我在樹上……」

這一下所有人都聽到了他的求救聲，朝那棵倒了的大樹這邊衝了過來。

「快看，他在那！」

眾人發現了林東，其中那個黝黑粗壯的是這伙人的頭頭，擔任村裏的民兵連長，扯開嗓門朝林東吼道：「嘿，你先撐住了啊，我們想法子救你上岸。」

林東的體力暫時沒有太大的問題，抱住樹桿，只要這棵大樹不斷，他就不必擔心被衝到大閘去。

民兵連長把小隊的人召集了起來，「大伙兒想想辦法，看看怎麼救他上來。」

有人道：「咱們連艘船都沒有，怎麼救啊？」

大漢搖搖頭，「給你艘船也沒用，水流那麼急，坐船過去，不被沖到下游去才怪。」

「要不通知上面，讓上面派人過來施救？」有人提議道。

黑大漢看了看倒在河上的大樹的樹根，指著說道：「你們看，恐怕這棵樹沒多久也要被沖到下游去了。」

昨夜下了一夜的暴雨，加上這棵樹長在河岸上，本來樹根附近的泥土就被泡軟了，再加上大雨的侵蝕，周圍的泥土已經很不牢固了。大樹原本埋在地下的樹根都已顯露出來。根據黑大漢的估計，大樹的樹根很可能在半個小時內與大地徹底分離，隨著洪流沖向大壩。

「沒時間了，必須立馬救他上來！」黑大漢面帶憂色，朝抱著大樹的林東望去。

「怎麼救啊？」眾人也只能乾著急，束手無策，惡水那麼湍急，根本不可能游過去救林東上來。

黑大漢大聲說道：「大家把手裏帶著的東西都放到一起，看看能不能想出法子。」

眾人將鐵鍬、蛇皮袋、繩子之類的東西都扔在了地上。

黑大漢躬身把地上的一捆繩子撿了起來，問道：「老三，這捆繩子有多長？」

「大約三十米。」人群中一個瘦弱的男子道，這繩子是他從家裏帶過來的。

「三十米？」黑大漢朝河中央望去，這條河寬大概一百八十米，林東處在水中央，三十米的繩子壓根就不夠長。

黑大漢一轉身，道：「我有法子了，大伙兒把衣服都脫了，割碎了結成繩，然後扔過去，讓那人抓住繩子，我們拉他上岸。」

眾人紛紛解衣，都是大老爺們，誰也不在乎光著身子。很快，眾人就把所有的上衣結成了繩。

黑大漢把兩條繩子結在一起，點了點頭，長度是夠了，可怎麼把繩子扔過去呢？他讓眾人退後，找了個石頭綁在繩子上，朝樹上的林東吼道：「嘿，我把繩子扔過去，你抓緊繩子，我們拉你上來。」

林東點了點頭，「明白了，扔吧！」

大漢退後十幾米，從河坡上沖了下來，借助奔跑的速度，用力掄起了胳膊，石頭呈一道拋物線，準確的落在了林東身旁，林東伸出一隻手，抓住了繩子。

林東拉了拉繩子，把繩子拉得繃直，用力拉了拉，心想應該還算結實，另一隻手便鬆開了樹桿，身體又掉進了河裏。黑大漢見他下了水，吆喝了起來，與眾人齊心協力往岸上拉。

河水十分湍急，要把林東拉上來並不容易，但見黑大漢那伙人一個個臉漲得通紅，就知道逆流拉他十分耗力氣。而林東在水裏也不好受，被水流沖得左右亂晃上下沉浮，嗆了好幾次水，有幾次差點抓不住繩子。

就這樣，在黑大漢一伙人的全力拉動下，一刻鐘後，林東終於上了岸。他安全了！

只感覺全身都不像是自己的了，四肢一點力氣都沒有。往前沒走幾步，林東就倒在了河坡上，躺在爛泥上大口大口的喘氣。黑大漢一伙人也累得夠嗆，都各自找地方坐在河坡上休息。

沒幾分鐘，倒掉的那棵大樹的根部就徹底與土地脫離了，帶走了一大塊泥土，噗通砸入了河中，濺起漫天的水花，河岸上一人都未能倖免。

過了十幾分鐘，林東才恢復了一點體力，立馬爬了起來，過來向這群人道謝。

「老哥，謝謝你們，你們救了我一條命！」林東握著黑大漢的手，激動的說道。

黑大漢笑道：「這不算什麼，誰都不能見死不救不是？小老弟，我多嘴問一句，你怎麼掉河裏去了？」

林東道：「是我自己掉進去的，不過不是為了輕生，而是為了求生。」

眾人都不解，不過也都沒問太多。

「老哥有手機嗎？我想給我的家人打個電話。」

老蛇說五點鐘會給高倩再次打電話，但現在已經早上七八點了，高倩沒接到老蛇的電話，指不定心裏會怎麼的胡思亂想。

黑大漢從腰帶上的手機套裏拿出了手機，「打吧，趕緊給你家人報個平安。」他見多識廣，看得出林東是經歷了一些不平常的事情。

自打林東失蹤，高倩就沒有睡過覺，已經兩天兩夜了，她就沒合過眼。林家二老和高紅軍也是如此。高紅軍在蘇城道上開出了賞金，只要有人能夠告知林東的下落，便給一百萬的賞金，同時也將蘇城道上所有的馬仔派了下去。他還聯絡了周邊幾座城市的老大，那些人都敬奉高紅軍的為人，平時就是以他馬首是瞻，為高紅軍效勞，是他們巴不得的事情。一時間，蘇城周邊幾座城市的馬仔們每個人身上都多了一張林東的照片，逢人就問。

李龍三連夜湊齊了五千萬的現金，一輛商務車裏裝得滿滿的。他也主動請纓要求帶著贖金去贖回林東。高紅軍也有意讓李龍三做這件事，在他手下，沒人比李龍三能力更強的了。

一分一秒對這家人來說都是煎熬，終於到了凌晨五點，高倩開始緊張起來，她期待著電話再次響起來。不過等了兩個多小時，電話才又響了起來，見又是一個陌生號碼，都以為是綁匪換了個號碼打來的。

「喂，倩，是我，我脫險了，你們不用擔心了。」林東語速極快，以最快的速度把自己脫險了的消息告訴了高倩。高倩開了擴音，林家二老和高紅軍都聽到了林東的聲音，一家人頓時都放了心。

高倩抑制不住的在電話裏哭了出來，一句話也說不出來。

最鎮定的就屬高紅軍，他拿起手機，問道：「小子，你現在在哪？我派人去接你。」

林東還真不知道身處何地，趕緊問了問黑大漢，才知道是在一個叫著「濁浪河」五糧村段的地方。

「你等著，我馬上派人去接你。」

掛了電話，林東把手機還給了黑大漢，又是一番千恩萬謝。

「每年這個時候都是這樣，一到夏季汛期，我們村裏的壯丁就得到大堤上日夜巡視，以免大水沖垮了河堤。」黑大漢道：「走吧，我們也該回去換班了，跟我們到村上去，給你找身乾淨的衣裳換上，再喝點水吃點飯。」

林東真的是餓極了，渾身濕透的感覺也著實難受，也不怕再欠黑大漢這伙人一點恩情，就跟著他們回村去了。在往五糧村去的路上，一路上全是土路，昨夜剛下過雨，路上泥濘不堪，一腳下去，爛泥漫到腳面上。

走到村頭，見到一處院子，大門很寬，門旁掛著一個牌子，上面寫著「五糧村小學」五個字。院子的牆頭都歪了，用木棍支撐著，裏面的教室是青磚青瓦的老房子，看上去破舊不堪。

「學校裏還有孩子上課嗎？」林東問道。

黑大漢道：「現在放暑假了，沒有了。等到開學就有了。」

「我看那房子應該都是七八十年代的老房子了，怎麼放心給孩子們在裏面上課啊？」林東十分不解。

黑大漢搖搖頭，「我們村太偏了，離鎮上太遠，上面不撥款，也就只能這樣了，難道不讓孩子們讀書嗎？校長為了這事，不知道跑了多少回縣裏了。」

眾人在村口散了，各自回家去了。林東跟著黑大漢去了他家。黑大漢的媳婦是個五大三粗的婦人，身材豐滿壯實，嗓門也不小，見男人帶了個渾身髒兮兮的年輕人進來，驚詫道：「哎呀，小兄弟這是怎麼的？」

黑大漢道：「我們從河裏把他救上來的。你把我的衣服找出來一身給他換上，然後炒幾個菜，我和這兄弟喝幾杯。」

黑大漢媳婦瞧林東一表人才，嘆道：「小兄弟啊，啥事想不開的？幹嘛非要跳河呢？」

林東有口難說，「嫂子，我不是跳河，我是……不小心滑下去的。」林東不敢把被人綁架追殺的事情說出來，害怕驚到這樸實的婦人。

「哎呀，你也太不小心了。等著啊，我把你大哥的衣服找出來一身給你換上，你洗個澡，穿上乾淨的衣服就舒服了。」黑大漢的老婆轉身進了屋裏。

林東在黑大漢家洗了個澡，穿上了乾淨的衣服。黑大漢的媳婦直誇他長得帥氣。

黑大漢已經將酒菜端上了桌，招呼林東過去。

一頓飯的工夫，林東從黑大漢的嘴裏把五糧村的情況大致了解，才知道這村子有多偏僻。濁浪河連連泛濫，所以河兩岸的村落連連都要受災，有好些村子也因此搬離了濁浪河，到別的地方生根落戶去了。濁浪河沿岸百里之內，只有五糧村一個村子了。五糧村村民捨不得離開祖祖輩輩生活的地方，雖然年年受災，卻依然對這片土地飽含深情，沒有一戶搬離這裏。

五糧村民風淳樸，待客十分熱情。就在林東和黑大漢邊吃邊聊的時候，黑大漢的老婆又燒了幾道菜。剛剛吃過早飯，就有兩輛商務車開進了村口。李龍三從車裏跳了下來，向村口的那家打聽了一下，就開著車來到了黑大漢家的門口。

車一停下，就見高倩第一個從車裏跳了下來，把白楠嚇得一跳，趕緊追上來扶著她。李龍三從商務車裏隨手拿了幾疊鈔票，至少有十二三萬。

「嘿，小老弟，你媳婦來找你了。」黑大漢坐在門裏吧嗒吧嗒的抽著煙，微微笑道。

林東站了起來，走到門外，高倩飛奔過來撲進了他的懷裏，緊緊的抱住了他，無法抑制的放聲大哭。

黑大漢和他媳婦瞧見這場景，站在一旁直樂呵。聞訊有不少村民都趕了過來看熱鬧，很快黑大漢家的院子裏就擠滿了人。

好一番安撫，高倩才止住了哭聲，過來向黑大漢夫婦鞠躬道謝。

「大哥大嫂，謝謝你們救了我男人的命，大恩大德，我們全家無以為報。一點點意思，你們千萬收下。」說完，朝李龍三使了個眼色。

李龍三會意，雙手捧著一大疊的鈔票，直往黑大漢的懷裏塞。黑大漢一直推辭，他如何也不肯要這錢。

「小老弟，要真是收了你們的錢，那我茍三也就太不是東西了，我救你上來，可不是圖你的錢的。你要是看得起我，就趕緊把錢收起來！」黑大漢微微有些發火，他為人正直，樂善好義，無論林東給多少錢，他都不可能要一分一釐。

林東心裏已經有了想法，救他的不止是黑大漢一人，還有其他的村民，他心裏決定了要為五糧村全村做點事情，以報答村民們的救命之恩。

「三哥，把錢收起來吧。」林東對李龍三說道，李龍三點了點頭，不再把錢往黑大漢的懷裏塞。

林東上前握住黑大漢的手，「荀三哥，五糧村對我有救命之恩，林東算是有點能力，想為村裏做點事情，以報答你和大伙的救命之恩。村裏通往鎮上的道路和學校，我一力承當，很快我就會派人過來做調查。」

黑大漢用力握緊了林東的手，「老弟，你有為善的心，我不會拒絕你，我代表全村老小感謝你！」

告別黑大漢夫婦和村民，林東一伙人就上了車，離開了五糧村。這一路上很不好走，車子在爛泥裏行駛，過了好一會兒才到鎮上，車速才能提得起來。

林東問高倩要了手機，給蘇城市市公安局的熟人打了電話，報了警，並讓他們趕緊去查，龍頭和黑虎都受了槍傷，應該還未能跑遠。兩天兩夜沒有睡覺的高倩終於頂不住了，靠在林東的肩膀上沉沉睡了過去。

看著高倩憔悴的面容，林東心裏痛如刀絞。

白楠在一旁說道：「姑爺，倩小姐這兩天幾乎沒吃什麼東西，整日以淚洗面，她說要是你有什麼三長兩短，她也就不活了。我聽了都很難受，背地裏也抹了幾次眼淚。」

林東心裏一酸，就覺得眼窩子一熱，淚花就在眼眶裏打轉了。

將近中午，車子終於開進了高進大宅的院子裏。

林家二老相互攙扶著站在門口，林東下了車，瞧見了二老頭上的白髮，再也忍不住了，噗通往地上一跪，叫了聲「爸媽」就哽咽得說不出話來了。林家二老走到近前，將兒子拉了起來，一家三口抱在一起痛哭了一番。

「東子，你媳婦好幾天沒怎麼吃過東西了，你趕緊勸她吃飯去，肚子裏的孩子可受不了這麼折騰。」林母道。

林東扶著高倩進了屋，馮媽已經準備好了午餐。

「老婆，餓了吧？」

高倩點了點頭，睡了一路，下車之後她的臉色明顯好了不少。

「那就吃飯吧，我上去把爸叫下來。」林東指的是高紅軍。

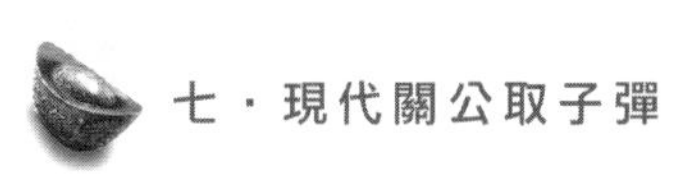

高紅軍仍在書房中看書，既然林東已經安全了，他也就沒什麼好擔心的了。

林東推門進了書房，叫了聲「爸」，高紅軍抬起頭看了看他。

「林東，坐下吧，我有話要跟你說。」

「爸，您說吧。」林東道。

高紅軍道：「這次的事情你有什麼想法嗎？」

林東不解其意，搖了搖頭。

高紅軍道：「你與人結怨，遭仇家報復，最主要的原因是你不夠狠！你把祖相庭送進去了，難道那是你的最終目的嗎？不是！你的最終目的是除掉金河谷！你太大意了，祖相庭被你扳倒，難道就沒想到金河谷可能會對你發起報復嗎？」

林東被他問得啞口無言，半晌才道：「我的確是考慮不周。」

高紅軍搖搖頭，「以你的智力，肯定不會考慮不到，而是你的心地太過善良，決定了你不會趁熱打鐵，將金河谷置於死地。我告訴你，我高紅軍能活到現在，以至於無人敢跟我叫板，憑的除了這顆腦袋之外，就是一個『狠』字！我的事業遲早是要由你接管，我希望你能吸取教訓，好好琢磨琢磨『狠』這個字！」

林東沉默了片刻，想起了很多事情，他的確是太過善良，做事不夠果決。

「好啦，下去吃飯吧。」

林東跟在高紅軍的後面，二人一前一後下了樓。

吃飯的時候，林東將自己遇險的經歷說了出來，提到了龍頭等人，高紅軍若有所思，已經知道了龍頭等人的來路，只是他未想到，金河谷居然請來了這伙人，林東能活著逃了出來，簡直就是奇蹟。

龍頭與黑虎雙雙負傷，二人與金河谷約定了見面的地方，郊外一座廢棄的工廠裏。

龍頭的面前是個酒精燈，藍色的火焰跳躍不定。黑虎在他面前的地上躺著，咬緊了牙關，臉上的肌肉不時的抽搐，他的褲子已被脫掉，大腿處中槍的地方流出紫黑色的血液，空氣中似乎都可以聞到淡淡的血腥氣。

龍頭拿出一把薄如柳葉的小刀，刀鋒清冷，散發出陣陣寒氣，放在酒精燈上烤了烤。

「黑虎，忍著點，我替你把彈頭取出來！」

黑虎咬牙點了點頭，閉上了眼睛。

龍頭在黑虎面前蹲下了身軀，用力捏緊了手中的小刀，一隻手放到黑虎的大腿上，用力一擠，黑色的血液便順著大腿流了下來。黑虎滿頭大汗，豆大的汗珠布滿了一張臉，喉嚨裏發出低沉的吼聲。

將黑血擠出來，龍頭才能看清楚彈頭，他的刀又快又準，一刀下去，順勢一剜，彈頭便被他挑了出來，黑虎雙拳緊握，為了忍受疼痛，他不斷的敲擊地面，在刀子插入肉裏的一剎那，他幾乎要痛死過去。

彈頭取出，龍頭拿起身旁的酒瓶灌了一口烈酒，對準黑虎的傷口，將嘴裏的烈酒全部都噴了過去，黑虎又是一陣痛吼。龍頭忍住肩上的傷痛，將黑虎的傷口包紮了起來，氣喘吁吁的坐回了原位。

「黑虎，好了，躺著休息一下吧。」

做他們這一行的，與刀槍打交道，受傷是難免的，黑虎這是第一次受槍傷，不過他挺過來了。在他們這些人當中，取子彈從來不需要麻醉藥，甚至不需要醫生。

龍頭將刀上的污血擦了乾淨，又把刀放在了酒精燈上烤了烤，然後拿著刀對準了自己肩上的傷口。

他要親自將裏面的彈頭取出！

三國時關雲長刮骨療毒，他龍頭要親手取出彈頭，尤勝關雲長一籌！

深吸了一口氣，龍頭緩緩將刀尖插入了傷口，左右活動了一下，找到了彈頭的位置，一用力，彈頭便從肉裏彈了出來，掉落在地上發出一聲脆響，彈頭順著地面滾出了一米多遠。

這時，黑虎已經睜開了眼睛將龍頭自取彈頭的過程瞧了個清楚，不禁目瞪口呆，駭然愣在當場。

龍頭包紮好傷口，擦了擦臉上的汗珠，長吁了一口氣。

過了一會兒，就聽外面傳來了剎車的聲音。黑虎從地上坐了起來。

「老大，他來了。」

金河谷戴著墨鏡，墨鏡遮住了他的半邊臉，滿身煞氣的進了廠棚，一眼就瞧見龍頭和黑虎。

「怎麼回事？」他見二人負傷，而且只剩他們兩個，一時有點發懵。

龍頭開口道：「老闆，人已經替你幹掉了，把剩下來的錢付了吧。」

金河谷四處瞧了瞧，沒發現林東的屍體：「怎麼回事？不是說了讓我親手宰了他的嗎？」

「隊伍出了點事情，獵物被帶走了，所幸叛徒和獵物已經被我一併幹掉了，也算是不辱使命。」龍頭微笑著說道。

金河谷見他倆受傷，道：「尾款恐怕是不能付給你們了，因為你們沒按照我的要求去做。」

「你當真決定要這麼做？」龍頭的臉上依舊帶著微笑。

金河谷朝他肩膀上瞧了瞧，低頭看到地上的彈頭，心裏頓時有了膽氣，「你沒聽清楚嗎？你們違約了，還有臉問我要尾款？」

「為了你這件事，我的十幾個兄弟枉死，你可知道他們的性命有多值錢麼？」龍頭臉上的笑容一僵，板起了臉。

他虎威猶在，金河谷不禁心底一寒，往後退了一步：「你們內部出了亂子，這事情還能算在我頭上？不是笑話麼！」他轉身就要走，只覺這地方不是久留之地。

龍頭忽然動了，金河谷感到背後的風聲傳來，下意識的加快了腳步，可還沒來得及用力，已經被人掐住了後頸，拎了起來。

「從來沒人敢坑我龍頭的錢！你信不信我一用力就能擰斷你的脖子？」

金河谷嚇得魂飛魄散，受傷後的龍頭還能如此輕而易舉的將他擒住，足可以見龍頭的戰鬥力有多強橫，他知道自己便如一隻小雞，受了傷的老鷹也能一爪子弄死他，心思百轉，只有拿錢換命這一個法子。

「好，不就五百萬嘛，我帶來了，我給你！」

龍頭手一鬆，將他摔在了地上，冷冷道：「現在不止五百萬了，翻個倍，你得給我一千萬，這就是不守信用的下場！」

金河谷一愣，本想出口辯駁，但見到龍頭兇狠的表情，頓時沒了脾氣，只得忍氣吞聲，「老頭老大，我只帶了五百萬過來，剩下的五百萬可否等我回去之後再給你？」

龍頭道：「金老闆，我信你一次，可你別想耍花樣，我手裏的東西要是落在了警方的手裏，可夠殺你的頭的，望你能夠權衡利弊！」

金河谷站了起來，拍了拍身上的塵土，「錢都在車裏了，跟我過來拿吧。」

「你把車開進來，我和我的兄弟現在都不方便。」龍頭嘿然一笑。

金河谷耷拉著腦袋，走了出去，不久就將車子開了進來，拉開車門，取出幾只大號的行李箱，當著龍頭的面拉了開來。

「麻煩龍頭老大點點，五百萬都在這兒了。」

龍頭揮揮手，「我就不點了，你回去吧，交錢的地方我會通知你，望金老闆盡快準備好！」

金河谷黑著臉開車走了，不過他的心情很快就釋然了，雖然不是他親手宰了林東，但心頭大患總算是除掉了，這是一件多麼令人開心的事情啊。

「黑虎，這地方不能待了，起來吧，咱們換個地方。」

龍頭開始把行李箱往車裏放，黑虎拖著一條腿，過來與他一起拎箱子。二人忙活了一會兒，便開車離開了廠棚，另尋他處去了。

而在暗中，李龍三正帶著一群精英在搜尋龍頭的下落，龍頭與高紅軍之間有一段他不了解的恩怨，但是他知道，這個仇恨一定結了很多年，而且很深很深，若不然，高紅軍不會下那樣的命令！

第八章

是人是鬼？

「你是人是鬼？」金河谷驚問道，聲音發顫，顯然內心十分驚駭。

林東呵呵一笑，「金大少，你這是怎麼了，大白天怎麼盡說胡話？」

金河谷手裏的玫瑰掉了下來，林東出手如電，在半空中將那捧花抄在手裏。

「不可能，不可能！」金河谷雙手用力拉扯著頭髮，面孔極度扭曲起來，只覺頭腦之中似乎有什麼東西在亂撞，撞得他痛不欲生。

林東躺在床上，幾天沒有睡過好覺的他，此刻完全陷入了深度睡眠之中。房間裏厚厚的窗簾被拉了起來，遮住了外面的光，裏面漆黑一片，宛如黑夜。沉睡之中，他再次進入了幻象裏，看到了夢裏的金色聖殿。

這一次他沒有看到滿頭黑長髮的那個人，只發現一縷淡淡的黑氣還在金色聖殿的周圍飄蕩，似乎有若有若無的陰風怒號傳到耳邊。那聲音林東並不陌生，正是他上次在這裏遇到的那個怪人的聲音。

林東抬頭朝那縷黑氣看了一會兒，便邁步進了聖殿之內。

第一層依舊是空空盪盪的，他上了第二層，一到金殿第二層，他就愣住了。原本二層六十四張空位，現在已經完全坐滿。但坐在上面的並不是活生生的人，而是一個個表情僵硬的石像，面目不一，各有姿態，或喜或怒，或笑或悲。

「上次來時還是空盪盪的，這次怎麼多了這麼多石像？」林東心頭大感不解。

他抬頭看了看天花板，心想第三層又會有什麼呢？

坐了起來，長長的出了口氣，拿出胸前掛著的玉片看了看，手裏的玉片微微有些發燙，似乎又小了一圈。

「怎麼回事？」

林東不知道這是好事還是壞事，正當他恍惚之際，門被推開了。

去。

「嘿，該起來了，今天你結婚！」

進來的是邱維佳，他把林父送到這裏之後沒回去，等著喝完林東的喜酒才回去。

「我睡了多久了？」

林東從床上彈起，一看時間，居然睡了將近二十個小時。

「我早就想來喊你起床了，可是你媳婦攔著不讓。你瞧，多好的媳婦啊！」

林東趕忙穿上衣服，拍著腦袋說道：「這可糟糕，我怎麼把這麼重要的事情給忘了。」

「洗個澡，換上新郎的衣服，我帶你們去酒店。」邱維佳興奮的說道。

林東進了浴室，洗了個澡，神清氣爽，容光煥發，全身活力充沛，感覺到無論是身體還是思維都達到了前所未有過的極佳狀態。

換上了新郎的新衣，林東就跟著邱維佳出了房門。

「你媳婦在另一間房，趕緊去背她下樓吧。」

邱維佳帶著林東來到高倩的房門前，郁小夏和高倩的幾個好姐妹穿著美麗的裙子，一個個美如天仙，都已經堵在了門口，不讓林東進去。

「姐夫，要想見我們倩姐，你須得有真本事！」

林東笑道：「小夏，時間不早了，你就繞過我這一回吧？我一定念著你的大恩大德。」

郁小夏卻不領情：「不行，今天你若是過不了我們姐妹這一關，你就休想進去。」

「什麼題目，你說吧。」林東已經決定接受挑戰。

郁小夏道：「一頭公牛加一頭母牛，猜三個字。」

林東略一思忖，笑道：「兩頭牛，我說的可對？」

郁小夏嘆了口氣：「第一關過了，你別得意，還有難題呢。家有家規，國有國法，那動物園裏有啥規？」

「烏龜！」林東脫口而出道。

郁小夏見難不著林東，咬牙道：「要用多長時間才能讀完清華大學？」

先前的幾個問題邱維佳都想不出答案，聽了這個問題，覺得非常容易，搶著答道：「我知道，要四年。」

「維佳，你中計了，不是四年，是幾秒鐘。」林東嘆道。

邱維佳一時不解：「怎麼可能？大學不都是四年嗎？」

卻見郁小夏笑道：「新郎官，你的朋友相當特別啊，不知道我們這是在玩腦筋急轉彎嗎？」

邱維佳一陣臉紅，低頭不說話了，在這些千金大小姐面前，他從心底感到自卑。

「怎麼樣，還有什麼題目嗎？」林東笑問道。

「題目是沒有了，不過闖關還未結束，下面是看你有多愛新娘了。」郁小夏從身旁一個女生手裏拿過了一只紅色的匣子，打開匣子，一陣寒氣便冒了出來。

「這裏面是這間房的鑰匙，已經被冰凍了，要想打開門，你就得把這塊冰化掉，記住，只能用自己的體溫！」

邱維佳看到匣子裏的鑰匙，驚得說不出話來，一把小小的鑰匙，居然被冰凍在一塊磚頭大小的冰塊裏，要融化這麼一塊冰，雖然是夏天，卻也並不容易。

「還是小夏對我好，知道這天氣炎熱，給我弄來這麼一大塊冰降溫，那就多謝了啊。」林東心裏苦笑，這麼一大塊冰，光靠他的體溫，融化掉可不是一時半刻能辦到的。

他從匣子裏將冰塊拿了出來，雙手握住，冰涼之感從他的手掌傳到手臂上，繼而便朝全身傳去，林東不禁打了個寒顫。

郁小夏和幾個伴娘暗自竊喜，心想總算是找到了刁難新郎官的法子，可不能讓他這麼輕鬆的將高倩帶走。

林東有苦不能說，雙手都快被凍僵了，而冰塊卻還沒融化多少。

「快點化啊，快點化啊……」

林東心裏這麼念叨著，忽然丹田之內生出一股熱氣，兩隻胳膊便漸漸熱了起來，雙手的凍僵開始減輕，而手裏的冰塊卻是加速的融化起來。

「咦，怎麼好像融化的快了？」

邱維佳嘀咕了一句，從林東手裏滴下來的水明顯變多了不少。

郁小夏等幾個盛裝打扮的伴娘也發現了這個變化，林東手裏的冰塊真的是加快了融化，這才一小會兒的功夫，冰塊已融化了一半。郁小夏抬起頭看著林東的表情，剛才林東的臉上還是一付有苦說不出來的模樣，現在已然變得非常輕鬆了。

「真是蹊蹺啊，莫非有什麼秘密？」

郁小夏仔細看了看林東的雙手，找不出一絲半點作弊的證據，也只好作罷，只是心裏覺得玄乎得很。

「快了快了，看見鑰匙了！」

邱維佳興奮的叫了起來，此刻林東腳下的地毯上已經吸飽了水，而林東手裏的冰塊也只剩下拳頭這般大小了，透過晶瑩剔透的冰層，已經看到了裏面的鑰匙了。

林東加速催發丹田內的熱氣，兩股熱力沿著雙臂湧向兩手，雙手漸漸熾熱起來，皮膚血紅如火，十指之間騰起絲絲氤氳，青煙一般散去了

「我靠，水蒸氣！」

邱維佳驚呼了起來，伸手去摸林東的手，一觸摸到他的皮膚，就如觸電一般縮回了手，「林東，你的手怎麼那麼燙人？」

說話間，磚頭大的一塊冰塊已經完全化掉了，林東對郁小夏微微一笑，亮出了手裏的鑰匙，「還請幾位美麗的伴娘讓開，我要開門了。」

以人體的體溫，無論如何也不可能讓冰塊冒出蒸汽的，但郁小夏等人看到的氤氳分明就是真實的，這超出她們認知範圍的奇異怪狀，把她們驚得呆在了當場。

林東卻不管她們是什麼表情，繞過郁小夏，打開了房門。

房間內，高倩端坐在梳妝台前，只留給林東曼妙的背影。

林東看到穿著雪白婚紗的高倩，一時愣在了當場，這就是他美麗的新娘！

「嘿，林東你傻站著幹什麼？背上你媳婦走啊！」邱維佳見林東站在門口，替他著急，催促道。

高倩緩緩轉過了臉，露出一個絕美的笑容，美麗的雙眸噙著淚花，似哭似笑的看著林東。

一瞬間，記憶的洪流奔襲而來，往昔種種浮現心頭，一點一滴歷歷在目。猶記得當初，他還是個一文不名的窮小子，一日三餐都成問題，而彼時的高倩，就曾無私的給予他支持和幫助。一路走來，高倩付出了自己全部的感情，為了他，她甘願放棄了自己的事業。而他，卻屢次帶給她傷害，時常令她擔心。這段感情，林東虧欠高倩太多太多……

淚水模糊了視線，林東張了張嘴，聲音卻堵在了嗓子眼裏，如何也發不出來。他走向高倩，緊緊的擁住了她。如此相愛的兩個人，在這個大喜的日子裏，哭成了淚人兒。

一旁的伴娘早已泣不成聲，哭花了妝容。邱維佳深吸了幾口氣，嘴裏罵道：「哭個球啊！」卻不料話未說完，自己的淚珠子也滾落了下來，哭得比誰都大聲。

伴郎陶大偉姍姍來遲，見此情景，一時不知如何是好。

過了半晌，林東和高倩才止住了眼淚。

「倩，你的妝都花了，我來幫你補妝。」

郁小夏和其他兩個伴娘說道：「姐妹們，以後嫁人，也得找這樣的。」

「林東，時間不早了，該出發了！」這次開口催促的是陶大偉，他一脫下警服就趕了過來。

林東彎腰蹲在地上：「老婆，上來吧，我背著你下樓！」

高倩伏在林東的背上，林東緩緩站了起來，背著美麗的新娘，邁動堅實有力的腳步。

十幾輛車排成長龍，一字離開了高家大宅。至於林東父母和高紅軍，則早已去了酒店，招呼遠道而來的親朋好友。

車輛緩緩在大道上行駛著，經歷過生死考驗的林東顯得愈加的成熟與穩重。如今的他才懂得生命之中什麼是最重要的，是家人的微笑，絕非是金錢名利。

車內，林東和高倩的手一直緊握在一起，羨煞旁人。

郁小夏道：「倩姐，我羨慕你都快有點嫉妒了。」

高倩笑道：「小夏，臨淵羨魚，不如退而結網。倩姐的話你明白的，倩姐真心希望你也能快些找到歸宿。」

郁小夏流著淚搖頭：「我不！我還沒過夠單身的生活，不想那麼快結婚。」

她就是這麼樣的脾氣，高倩微微一笑，看得出來，現在的郁小夏已經比以前改變了許多，她這個妹妹算是長大了些。

林東看了看手錶，已經將近十二點了，嘆道：「這回可把賓客們都得罪了，那麼晚了，新郎新娘還未出現，太不像話了這！倩，你該早些叫我醒來的。」

高倩笑道：「你好幾天沒睡覺，我怎麼忍心叫醒你。沒事的，你平安回來，我比什麼都開心，至於賓客們的想法，就隨他們去吧。」

林東雖然未給金河谷遞送請柬，但是金河谷還是決定要參加這個婚禮。他以為林東已經死了，但是高家卻沒有取消婚禮，心裏以為一定是高家的人還沒有找到林東的屍體，所以還抱有一線希望。

他將自己好好的打扮了一下，準備盛裝出席林東的婚禮。沒有新郎官的婚禮，他還是第一次參加，屆時一定會很熱鬧。金河谷的心理得到了極大的滿足，早將付給龍頭的那一大筆錢忘到了腦後。

「林東，你安息吧，我去看看你的新娘子，我會好好安慰她的！」

金河谷來得晚，把車停在酒店門口，捧著一捧火紅的玫瑰花進了酒店。他現在的心情，也只有手中的玫瑰花能夠表達他內心的喜悅與火熱！

當他進酒店的時候，正好林東去了洗手間。金河谷一進酒店，只見到新娘子高倩一人，不禁喜上眉梢，邁著輕快的步伐朝高倩走去。

高倩見他走來，不禁秀眉一蹙，大好的心情被破壞了不少。李龍三和陶大偉都是知道內情的人，見他走來，皆是冷起了臉。

金河谷大笑著走了過來，「高大小姐新婚快樂，恭喜啊。咦，怎麼不見新郎官呢？」

金河谷故意朝兩旁瞧了瞧，裝出一副驚訝的表情。

「來的時候我路過一家花店，瞧見這花很美，覺得正配今天的新娘子，所以買了一捧來。高大小姐，請收下吧！」

今天是高倩結婚的日子，金河谷當著眾人的面居然送玫瑰花給高倩，這分明就是來攪局壞事的。李龍三正欲發怒，已經準備將這不請自來的傢伙扔到外面去了，卻見林東含笑走來，示意他不要動手。

「這花的確美麗，金大少不如將它轉送給我，讓我來送給美麗的新娘子吧。」

林東悄然無聲的走到金河谷身後，抬手拍了一下金河谷的肩膀。

這聲音曾無數次出現在他的睡夢中，令他寢食難安。金河谷聽到林東的聲音，渾身一顫，幾乎要癱倒在地上。林東的一隻手搭在他的肩膀上，暗中使勁，捏得金河谷的肩胛骨都快碎了。金河谷吃痛轉身，瞧見了林東冷笑的臉，腦中空白一片，只當是大白天見了鬼了。

「你是人是鬼？」金河谷驚問道，聲音發顫，顯然內心十分驚駭。

林東呵呵一笑，「金大少，你這是怎麼了，大白天怎麼盡說胡話？」

金河谷手一鬆，手裏的玫瑰就掉了下來，林東出手如電，在半空中將那捧花抄在手裏。

「不可能，不可能！」金河谷雙手抱著腦袋，用力拉扯著頭髮，面孔極度扭曲起來，只覺頭腦之中似乎有什麼東西在亂撞，撞得他痛不欲生。

這人瘋了！

在場幾個不熟悉金河谷的人都在心裏嘆道。

林東放開了金河谷的肩膀，金河谷早已被突然出現的林東嚇得魂飛魄散，林東手一鬆，他兩腿一軟，便倒在了地上，雙目睜得圓圓的，眼中滿是恐懼之色。

林東朝李龍三看了一眼，「三哥，這裏就交給你了，這個人我不想看到。」說完轉身便走了。

李龍三摩拳擦掌，早就按耐不住了，聞言一喜，單手將金河谷從地上提了起來，扔到了酒店外面。

林東不記得自己喝了多少酒，反正酒到面前，他就一口乾了，喝到最後，他只記得宴會廳裏的人越來越少，然後記憶就斷了線。等到醒來，已經不知道今夕何夕了。

看著貼滿喜字的房間，林東才想起自己是在婚禮的酒宴上喝醉的。

門吱呀響了一聲，高倩推門走了進來。新嫁娘早已換下了喜慶的禮服，穿上了樸素的家居服。

「老公，你醒啦？」

林東揉了揉腦袋，「倩，我睡了多久？」

高倩道：「整整兩天！還記得你喝了多少酒嗎？」

林東搖搖頭，「我一點印象都沒有了。」

「你流出的汗都帶著酒精，那天陶大偉跟在你的身後，他都記不清你喝了多少酒。」

林東搖頭嘆道：「我居然睡了兩天，真是該死，冷落了美麗的新娘，也不知她怪不怪我？」

高倩替他找出換洗的衣服，推著林東進了浴室，「洗個澡吧，洗完後去我爸的書房，他有事找你。」

林東洗了澡，穿上乾淨的衣服，就去了高紅軍的書房。

高紅軍丟給他一份報紙，「那事情是你幹的？」

林東不明白高紅軍指的是什麼，翻開報紙，看了看，不禁一怔，頭版頭條居然是金氏玉石行繼承人金河谷身死的新聞！林東一看時間，是他結婚第二天的報紙，而金河谷死亡的時間，卻是在他結婚當天。

「爸，這事情我完全不清楚！」

高紅軍笑道：「那就好，不是你做的就好。」高紅軍希望女婿合理合法的做生意，不能像他年輕時候那樣不擇手段。

報上還刊登了一張金河谷的照片，他全身血跡斑斑，皮肉都壞了，死狀十分淒慘。

「他與誰結了那麼深的仇？居然要讓他死得那麼慘！」

林東剛從高紅軍的書房出來，就接到了陶大偉打來的電話。

「大偉，什麼事？」

陶大偉聽到林東的聲音，「好傢伙，你可算醒了。金河谷死了，你知道了嗎？」

林東道：「我剛剛才知道。」

「我們警方找到了一段錄影，殺金河谷的兇手已經確定了，不是別人，就是那個野人！」

「喂，林東，你在聽嗎？」

電話裏半天都沒傳來林東的聲音，陶大偉忍不住問道。

金河谷的死亡給他造成了很大的震駭，當聽到金河谷是被扎伊殺死的消息之後，林東一時沒能反應過來，心裏的感覺十分複雜。按理說，金河谷處處與他作對，現在他死了，對林東而言的確是一樁天大的好事，但轉念一想，驚喜雖大，卻壓不住內心狂湧而出的憂愁與恐懼。

萬源、金河谷皆已身死，唯一令他難安的就只有扎伊了！

對付這個野人，林東一點法子也想不出來，幾乎令他抓狂。扎伊的生活方式與思維完全與常人不同，一般人，總要尋個遮風避雨的地方藏身，而扎伊卻更喜歡餐風露宿。

林東以常人的思維去揣測扎伊，這根本就行不通。他找不到扎伊，就算有千萬種抓他的法子，也無計可施。

「大偉，我在聽。」林東嘆聲道。

陶大偉也為好友捏了一把汗，說道：「林東，你要記住，扎伊要殺的人可是兩個。現在金河谷死了，他的目標就只剩你一個了。千萬要小心，那個野人太恐怖了！」

林東點頭道：「我知道了。」

「好了，其他的我就不多說了，這個案子局裏派我帶隊去查，金家從上面施加壓力，省裏、市裏都非常重視，局裏讓我挑大樑，這不是把我往火坑裏推嘛。我到哪裏去找那個野人！」陶大偉語氣帶著不滿，罵罵喋喋的掛了電話。

在家吃過了午飯，林東就離開了高家。雖然很想留在家裏陪著高倩，但公司裏有些事情卻非他處理不可。這麼些天沒工作，恐怕辦公桌上早已堆滿了各種等待他審批的文件。

美國。

蕭蓉蓉漫步在警察學院的濃蔭大道上，腳下是片片的落葉，踩在上面發出沙沙的聲響。她穿著淡藍色的長裙，一根細細的腰帶束在腰上，顯示出那纖細的柳腰，懷中是幾本書本和一台筆電。

這是她到美國的第七天，終於開始了為期兩年的求學之旅。

林蔭道上行人稀少，蕭蓉蓉在路的中段停下了腳步，仰起臉看著頭頂上層層疊疊的綠葉，一縷陽光穿過縫隙，照在她的臉上。

「林東，你看見了麼，沒有你的城市，我也能找到陽光！」

蕭蓉蓉自言自語，臉上浮現出淡淡的笑，卻說不出是什麼滋味。就這樣呆呆的仰著頭看了一會兒，直到眼睛酸澀，蕭蓉蓉低下了頭朝路旁的一條椅子走去。她坐在椅子上，打開筆電，開始寫一篇她早已想寫卻遲遲未動手的郵件。

「林東，」細長的手指在鍵盤上輕靈的觸摸著，一個名字就躍上了螢幕，蕭蓉蓉看著螢幕上的兩個字，想到腹中正孕育著的骨肉，心中一陣溫暖，「請原諒我的不辭而別！在你的面前，我或許會喪失離開的勇氣……」

也不知過了多久，蕭蓉蓉也不知打了多少字，當她敲出最後一個詞「珍重」的時候，一點眼淚，悄無聲息的從目眶中滑落，滴落在鍵盤上。蕭蓉蓉按了發送鍵，合上了筆電，迎著黃昏的霞光，慢慢的遠去……

林東到了公司，打開電腦看了看郵箱，當他點開那封郵件之時，沒看幾句，就慌亂的摸出手機，找到了蕭蓉蓉的號碼，卻被告知已經關機。林東一下子愣住了，蕭蓉蓉的離去，可說是事先一點徵兆都沒有。

他給在蘇城市局熟悉的朋友打了個電話，一問才知，蕭蓉蓉去美國的事情早在

幾月前就已經定下來了。而他卻在伊人已經到了大洋彼岸的時候才得知，不禁神情一呆，癡癡愣愣的坐了半晌。晃然明白，蕭蓉蓉這是有意隱瞞。

林東認認真真的將郵件看完，郵件的開頭，蕭蓉蓉向他訴說了許多關於在美國新的生活的故事，筆調歡快，而越往後面，郵件的內容就越是沉重。雖遠隔萬里，林東卻像是面對面看到蕭蓉蓉滴落在鍵盤的眼淚，心口驀地一痛，頓時眼前就瀰漫起了水霧。

平靜下來，林東知道蕭蓉蓉必然不會告知他現在在美國的地址，所幸還有郵件可以交流。林東雙手放在鍵盤之上，迅速的敲擊，將對於伊人的思念之情傾瀉於指尖，滿腔的柔情匯聚在那一封郵件之中。

林東處理完公務，已是下午七點多鐘了。他起身臨窗眺望，天空下的雲層壓得很低，令人有些覺得胸悶氣短。

他收拾東西便離開了公司，剛進電梯，就接到了陳美玉打來的電話。

「林總，有時間嗎？」

林東笑道：「嗯，剛忙完了公司裏的事情。有什麼事嗎，陳總？」

陳美玉道：「金河谷死了，我想你應該已經知道了。畢竟都是生意場上的人，樣子還是該做足的，我打算去送個花圈，再去靈堂悼念，你可願與我同去？」

林東略一思忖，他與金河谷雖是仇敵，但一直都在暗中競爭，並未擺到明面上，二人同屬一時才俊，按理來說，當去拜祭。

「陳總，你說得對，大家都是生意場上的，我和你一塊去。」

二人約定了見面的地點，林東買了花圈，便往和陳美玉約定的地方去了。見了面，一番寒暄之後，便一同趕往金家的靈堂。

金家在江省的影響力非常之大，金河谷一死，可說是轟動了全省，尤其是商界。金河谷是金家家主金大川的獨子，他這一死，金大川便可說是後繼無人了，金家不少仇敵，在暗中竊笑不已，卻也裝出痛不欲生的模樣，來到靈前抹一把眼淚。

金家向來人丁單薄，金大川只有一兒一女，他隱居幕後多年，兒子一死只得重新來到幕前，掌舵家族。金河谷死了的消息傳開之後，金家的各個產業都受到影響，各方皆為金家後繼無人感到擔憂。

陳美玉和林東帶著花圈朝靈堂走去，二人皆是一身黑裝，自有金家的伙計走過來將二人手中的花圈拿走。靈堂門外，已擺了無數花圈，金家人脈之廣，由此可見一斑，其中不僅有商界的朋友，就連市裏省裏的政要也送來了花圈。

二人並肩走了進去，一進門，林東便看到了金河谷遺照上那張含笑的臉，心中不禁感慨萬千。想他二人雖是死敵，不過林東卻從未想過要殺金河谷。

走到金河谷的靈前，林東鞠了三躬。在場有不少人都認識林東，二人之間的恩怨也不是什麼秘密，見林東來弔唁，一個個咬牙切齒，目光十分的不友善。

從一進門，林東便發現了坐在靈堂右邊的一名中年男子，心想這人應該就是金河谷的父親金大川了，不禁瞥了一眼，便感受到了金大川身上散發出的不凡氣質。

行禮完畢，金大川坐在那兒，連身都沒起，朝著林東鞠了一躬，算是答了禮。

陳美玉走到金大川面前，神情肅穆，「金先生，節哀！」

金大川站了起來，微微頷首，低聲道：「有心了，多謝。」他聲音低啞難聽，想必心中必然是悲痛之極。

林東跟在陳美玉身後，陳美玉打過招呼便走到了一邊，林東便與金大川有了第一次的照面。

這是他第一次見到幾乎是傳說中的金家家主，但關於此人的事跡，林東卻聽過不少，拋卻與金家的恩恩怨怨，金大川可說是他非常佩服的那種人。

據說金大川十三歲便繼承了家業，金家自他掌舵之後，原本已顯頹勢的家族產業重新煥發了生機，在他十五歲那年，家族產業便超過了歷史上最鼎盛的時期。以一己之力，力挽狂瀾。這種人，可敬也可怕！

「金先生，令郎之死，唉……請先生節哀吧！」

比起金河谷的高大威武，金大川可說是十分瘦小。個子不高，身材瘦削，花白頭髮之下的額頭上溝壑縱橫，布滿了褶皺，只是一雙眼睛亮得駭人，令人不敢直視。

「年輕人，你就是林東？」金大川開口問道，聲音依舊是低啞難聽，就像是鐵器劃過了地磚。

林東點了點頭，「在下正是林東。」

「好，好！」金大川忽然一笑，連叫了兩個好，那笑容十分陰冷，有些駭人，令人聞之渾身發冷，毛骨悚然。

林東與陳美玉並肩朝門外走去，背後一陣一陣的發冷，不禁想到金大川令人不敢逼視的目光，心頭一顫。恐怕他與金家的恩怨並不會因為金河谷的身死而了結，只怕是仇越結越深了。

走到門外，林東才覺得身上的莫名壓力陡然散了，長長喘了口氣。

陳美玉見他神色不安，笑道：「別被我說中，你不會是被金大川嚇著了吧？」

林東一笑，「你還真是說中了，早聽說金大川厲害，今日一見，才知此人比我

想像中還要厲害。金河谷與他老子一比，簡直就是雲泥之別。」絲毫不吝嗇對金大川的贊美。

陳美玉道：「其實金河谷也算是人中龍鳳了。蘇城的富家子弟之中，就屬他的能力最強。你們兩個可說是一時瑜亮，只是他這個周瑜，偏偏遇上了你這個諸葛亮，注定被你踩在腳下，黯然失色，就如明珠墜入塵土。有你在的地方，永難有他大放光彩之日！」

林東道：「陳總，你說錯了。我與金河谷不是什麼一時瑜亮，我們都只是追逐利益的商人，合則共贏，爭則雙輸。我和他剛認識，金河谷便將我視作了仇敵，處處與我作對，我也是不得已才反擊的。金家財雄勢大，人脈又廣，若是金河谷放下仇恨，一門心思壯大他的家族，以我的狀況，短時間內絕對無法超越他。他輸給了我，不是因為能力不如我，而是人格有缺陷！」

陳美玉沉默了片刻，似有所思，半晌才說道：「你分析的有道理。」

林東忽然重重的嘆了口氣，仰望頭頂的星空，「陳總，其實我和金河谷之間沒有贏家，他雖死了，我卻不見得能比他多活多久。」

陳美玉聞言一愣，訝聲道：「林東，你……不會是得了絕症了吧？」

林東一笑，「這倒不是，只是我現在的處境十分不安全，那個人沒找到，我隨時都有可能步金河谷的後塵。」

陳美玉掩住了嘴，雙目露出驚恐的神色，「你們有共同的仇家？」

林東點了點頭，笑道：「算是吧。」

第九章 海量服人

林東作為東道主，借此西郊重要人物都在之際，便挨桌挨個的敬酒，以便對這些人做一些了解。他敬了十八桌，仍是面不改色，令在場眾人咋舌不已。這伙人多是江湖中人，交朋友講究的是大塊吃肉大口喝酒，原本見林東斯斯文文，都有輕視之心，但見林東如此海量，一個個是既驚又怕，對這年輕人的看法改變了不少。

蘇城郊外的荒野之中，一堆篝火燒得正旺，火堆兩旁坐著兩名男子。其中那名壯碩的男子手拿樹枝，不時撥弄著火堆，而他對面的那人，卻是動也不動，眼睛一眨不眨的看著眼前的火光。

「姓林的居然沒死，老大，你說句話啊，咱們眼下該怎麼辦？」說話的正是黑虎！

龍頭低頭看著火光，「黑虎，你打算怎麼辦？」

黑虎道：「咱倆的傷都差不多好了，而且金河谷又死了，我看這次就算了，盡早出國才是最要緊的事。」

龍頭道：「黑虎，我問你，優秀的獵人看到自己打死的兔子突然又爬起來跑了，獵人會是什麼想法？」

黑虎撓撓頭，「可能會遺憾吧。」

「你說對了，我現在就很遺憾。自打我藝成之後，從未放過空槍，從未失過手，這都在姓林的小子身上破了！」龍頭嘆道。

黑虎道：「老大，這怨不得你，如果不是老蛇反了水，姓林的怎麼也逃不走的。」

龍頭道：「你一提老蛇，姓林的這小子就更該死了！如果不是他，咱們十幾個弟兄，怎麼會死？若不殺了那小子，如何讓地下的兄弟安息？」

黑虎胸口一緊，握緊了拳頭，「老大，你說得對，殺了姓林的，給弟兄們報仇！」

龍頭點了點頭，「黑虎，錢我們不缺了，如果你想走，我可以分你一半，讓你去過快活的日子，我一人自會解決姓林的！」

黑虎騰地站起，「老大，你把我瞧扁了！」

與陳美玉在金家門外告了別，林東獨自開著車，在空曠的大道上奔馳，不知不覺中，將開車到了原來大豐新村所在的地方，頭腦中思緒紛湧，一段段記憶跳了出來。他靠在車上，看著這片他曾無比熟悉的地方，一種陌生感陡然襲上心頭。大豐新村不見了，曾經無比熱鬧的廣場和夜市也不見了，眼前是那麼的荒蕪人煙，那麼的荒涼。

莫名的壓抑，莫名的惆悵，這本該是個舉杯慶祝的夜晚，他卻獨自一人跑來了這裏。林東搖了搖頭，臉上浮現出一絲苦笑，哀嘆連連。又過了一會兒，禁不住夜晚的涼氣，林東不禁搓了搓手，仰頭望了望天空，星月無光，濃雲密布，繼而狂風乍起，吹得他寒意更重。

林東拉開了車門，輕踩油門，一溜煙離開了此地。

回到高家，一進門，迎面碰上了李龍三，李龍三將他攔了下來。

「正好，我正要找你呢。」

林東笑問道：「三哥，有什麼事嗎？」

李龍三道：「是好事，還是留著讓五爺跟你說吧。你快上去吧，五爺在書房等你呢。」

林東不明白李龍三所說的究竟是何事，帶著滿心的疑惑進了高紅軍的書房。

「爸，你找我？」

高紅軍呵呵笑道：「有個好消息要告訴你，西郊不姓李了！」

林東一聽這話卻並不怎麼高興，本來他就不願接手西郊，不過看高紅軍那麼高興，他也不能掃了老爺子的興致，聞言也是一笑，老爺子多年以來的理想總算是實現了，從今往後，蘇城道上就再也沒有他人的地盤了。

「我知道你小子心裏不怎麼高興，但是你別忘了你自個兒曾經說過什麼。西郊我就交給你管了，說說看，有什麼想法？」高紅軍志得意滿，起身親自給林東倒了杯茶，嚇得林東趕忙雙手接住。

他略一思忖，心裏便有了想法，事到臨頭，想退縮是不可能的了，只好扛起重任，硬著頭皮幹！

「老爺子，我想問問李家人現在什麼個境況？」

高紅軍道：「十天之前，蠻牛終於在我的暗中幫助下打敗了李家，奪取了西郊。我答應過李老瘸子，說過不會從他手上奪西郊，但西郊落入了蠻牛手裏，我奪了西郊，也不算食言。蠻牛頗知趣，估計是摸清了我的想法，沒怎麼抵抗就投降了。西郊就這麼落到了我手裏。至於李家，聽說情況不大好，李老瘸子丟掉了地盤，險些氣得喪命。」

林東沉吟道：「李家在西郊經營多年，根深蒂固。我們雖然可以用武力奪取到地盤，卻無法用武力收買人心。現如今西郊落在了咱們手裏，原先那些給李家賣命的人肯定心裏不爽，到時候恐怕也生出許多亂子，不大好收拾啊。」

高紅軍點了點頭，「你說得沒錯，這也正是我擔心的，可有法子防患於未然？」

林東笑道：「法子自然是有的，但就是不知能否奏效。」

高紅軍拍桌子道：「你但說無妨！」

林東緩緩說道：「我的法子就是仍以李家治理西郊！」

高紅軍眉頭一皺，「你說清楚些。」

林東道：「很簡單，只要能讓李家人歸我們所用，依舊讓李家叔侄管理西郊，那些原先想鬧事的，也就鬧不起來了。」

高紅軍搖搖頭，「或許你把事情看得太簡單了，難道就不怕李家叔侄策反，帶著下面人鬧事？」

林東繼續說道：「出來混，無非就是為了名和利，咱們比李家叔侄財雄勢大，能給下面人更多的好處。下面人得到了好處，自然而然就明白跟誰混更有甜頭。至於李家叔侄管理西郊，我既然提出來了，自然就有道理。老爺子，如果論對李老瘸子的理解，我不如你，但李老瘸子已是將死之人，斷然不可能繼續掌管西郊了。他本來有三個侄子，老三死了，只剩下兩個。這兩人都是剛性子，與我算是有些交情，只要叫他們點頭，就不怕他們在背地使壞。其實我想請李家兄弟出面主持西郊，最大的原因是為了安撫下面的兄弟。我連李家兄弟都用了，難道還會斷了下面兄弟們的財路嗎？」

高紅軍沉默片刻，忽然拍起了掌，「妙招！咱們的勢力如果突然之間滲入西郊，必然會遭到西郊本土派的反抗，倒不如溫水煮青蛙，慢慢的滲入，不知不覺中將西郊牢牢掌握在咱們的手裏！」

林東也是這個想法，總不能用李家兄弟一輩子，西郊遲早還是得由己方人接管為好，「老爺子，說服李家兄弟的重擔就交給我吧。」

「你有多大把握？」高紅軍笑問道，李家兄弟的脾性他多少知道些，那可都是倔種！

林東心裏也沒底，搖了搖頭，「暫且五五開吧！」

高紅軍收起了笑容，「林東，還有一事，我得告訴你。你了解綁架你的那伙人嗎？」

林東道：「不了解，只看得出他們個個身懷絕技，都有當兵的經歷！」

高紅軍點點頭，「你說的沒錯，他們都曾當過兵，而且個個都是百裏挑一的好手，曾經都是最優秀的戰士。龍頭、飛鷹、獵豹……老蛇、黑虎！」高紅軍如數家珍似的，將龍頭那伙人的名字一個個念了出來。

「老爺子，你怎麼了解得那麼清楚？」林東驚問道。

高紅軍身上騰起濃濃殺氣，放在桌上的拳頭緊緊握住，「倩倩的母親，就是死於這伙人的頭子龍頭之手，那時，他剛退伍，孤身一人，收了我對頭的錢，殺害了倩倩的母親！」說到最後，高紅軍這鐵打的漢子也忍不住流下了眼淚。

林東不曾想龍頭和高紅軍之間居然還有如此深的恩怨，心中駭然無比，更加覺得那伙人可惡，目光變得陰寒無比。

「這些年我一直在找他，一直在搜集他的消息。據我對龍頭的了解，這個人已經到了一個偏執的地步，這次沒能殺掉你，他絕不會善罷甘休的。我已讓李龍三撒出人馬去查了，你自己小心些。」高紅軍叮囑道。

西郊，李家。

炎炎烈日之下，李老大垂頭喪氣的坐在門口的台階上，他的前面就是院子裏的那棵大棗樹，自他記事，這棵樹就長在了這個院子裏。

李老大記不清小時候這棵樹是什麼模樣，只記得小時候棗樹上會長出許多棗子，多得他們三兄弟都吃不完，而現在，棗樹老了，不再那麼枝繁葉茂了，每年開不了多少花，自然也結不出許多果子。

「唉……」

李老大嘆了口氣，從這棵樹的境遇，他想到了自己，想到了家族。今年，他來到這個世界已有四十年了。還記得在他小的時候，這個院子是那麼的熱鬧，那些叔叔伯伯們曾經在他眼裏是那麼的高大。可如今，他感覺到了自己的老邁，身體明顯不如以前，而曾經那些令他仰視的叔伯們，卻都化作了塵土。

屋裏傳來李老瘸子的咳嗽聲，門庭冷落，自從輸給了蠻牛之後，這裏就很少有人來了，好在還有叔叔的咳嗽聲和樹上的蟬鳴聲，否則就真如鬼屋一般冷寂了。

叔叔的身體越來越差了，以前是半小時咳嗽一會，而現在幾乎是兩三分鐘就要咳嗽一次。這難道就是一代梟雄的悲劇結局嗎？

李老大嘿嘿笑了笑，笑得有些淒慘，這麼些年來，人們提到西郊，他們李家幾乎就是西郊的代名詞，而現在，一切都不同了。世易時移，人會變老，鐵骨錚錚的漢子也會有拄拐杖的一天。

李家不可能永遠霸著西郊！

李老大這些天閑來無事想了很多。

時至中午，穿著大褲衩裸著上身的李老二提著魚簍進了家門。他朝坐在台階上的大哥看了一眼，自打西郊不姓李了之後，李老大就一直這樣沉默著，頹廢著，像極了一個悲觀的哲學家。

「大哥，嘿，今天釣到不少魚，過來搭把手，把魚殺了，今天中午，咱們整個全魚宴嚐嚐！」

李老二古銅色的肌膚上汗珠子直往下流，由於烈日的曝曬，他的後背已經有幾處破了皮，白色的新皮顯得格外的扎眼。

李老大抬了抬頭，雙目無神的看了一眼李老二，哼了一聲，繼續埋頭苦思去了。

李老二也不生氣，微微一笑，把釣竿靠在牆上，拎著魚簍來到水池邊，哼著小曲刮起了魚鱗。

林東是在李老二到家不久之後到的李家，他在兩里路外就下了車，頂著烈日，步行來到了李家。

「你來幹什麼？」

林東一進門，李老大就像是感受到了背後的陰風似的，猛然抬起了頭，緩緩站了起來，雙目露出兇狠的光芒，像是要殺人一般。

李老二蹲在地上刮魚鱗，聞言抬起頭朝門口瞧去，一見來的是林東，也是一愣，不明白為何這個時候林東會上門。

「來看看老叔。」林東亮了亮手裏的補品，笑著說道。他開口就稱李老瘸子為老叔，十分謙遜，伸手不打笑臉人，李家兄弟倒一時不知該如何應對了。

李老二洗了洗手，朝林東走了過來，淡淡說了一句，「進屋說話吧。」

林東跟在他的身後，進了堂屋。李家兄弟誰也沒請他坐下，林東倒也不怪，李家兄弟沒把他轟出去，已經比他預料的要好了。

李老大雙臂抱在胸前，面帶寒光，看著林東的眼神很不友好。李老二則顯得較為淡然，從他臉上看不出悲喜。

「聽說老叔的病重了些，我特意去吳門中醫館找吳老開了些藥和補品，希望能對老叔的病有幫助。」

林東將手裏的袋子遞了過去，李老二伸手接了過來。

「誰啊？咳咳……」房間裏又傳來了李老瘸子的咳嗽聲，此起彼伏，連綿不絕。

「老叔，是我，林東來看你了。」林東大聲道。

「咳咳，貴客來了，老頭子失禮了，容我更衣片刻，稍後出來見客。」李老瘸子一句話說完，又是一陣猛的咳嗽。

李老二對李老大使了個眼色，要他去照看叔叔，叔叔已經臥床好些天了，此刻說要起床，怕是力有未逮。

李老大會意，點了點頭朝李老瘸子的房間走去。

屋裏只剩下林東和李老二兩個，二人四目相對，誰也沒先開口，一時間氣氛十分尷尬。

「你來恐怕不是為了給我叔送藥那麼簡單吧？」李老二終於開了口，他雖清楚林東來此必有其他目的，卻猜不透林東的實際目的。在他看來，成王敗寇，但瞧林東的模樣，又不像是來耀武揚威的。

林東笑道：「李老二，咱們倆的關係我一直覺得很微妙，說是敵人，有時卻是朋友。」

李老二依舊面無表情，心想林東此刻與他攀交情，應是有求於他，不過他一個失敗者，又能給林東什麼幫助呢？

李老瘸子在李老大的攙扶下走進了堂屋，臉色灰中帶紅，很是不好。林東只瞧了一眼，便知李老瘸子應該不久於人世了。

「老叔……」林東迎了上去，一把握住了李老瘸子的手，見一代梟雄李老瘸子如此模樣，心中不禁一酸。

李老瘸子面色頹敗，宛如深秋之葉，朝林東笑了笑，「快坐下，他們兄弟倆不懂事，你千萬別往心裏去。」

分賓主落座之後，李老瘸子就說道：「前幾天你和紅軍的女兒結婚，我臥病在床，沒辦法前去道賀。老大老二哥倆又都有事，小林啊，千萬別生氣。」

林東道：「老叔，我怎麼會為了這個生氣呢，相反還得請求您的諒解，這段日子為了籌備婚禮，實在是忙得不可開交，因而沒能及時過來看望你老人家。林東心裏實在惶恐，今日得空，特意上門請罪。」

二人寒暄了一會兒，這才談到正事。李老瘸子久病在床，精力不足，聊了一會兒便告退回了房裏，讓李家兄弟倆個陪著林東。

「林東，說吧，咱們談談正經事。」李老二道。

「實不相瞞，我今天來的另外一個目的，就是想請老叔重出江湖，眼下西郊的局面，非老叔及二位不能收拾。」林東看著李家兄弟的臉，這二人皆是一愣。

「這小子葫蘆裏賣的是什麼藥？」李老大愈發困惑。

倒是李老二顯得較為鎮靜，依舊是一副默然的表情，雲淡風輕，頗有點什麼都不關心的意思。

「林東，你什麼意思？」李老大忍不住問道，心裏以為林東是來試探他們有沒有重新奪回西郊的想法的。

林東笑道：「李老大，就是字面上的意思，與快人當說快語，二位都是明人，我也不會說暗話。」

李老大有點摸不著南北，他一向沒什麼大主意，便朝李老二望去，等著弟弟開口。

「你的好意我們心領了，你放心，李家上下都清楚高五爺的手段和實力，既然西郊落到了他手裏，李家自然沒能力奪回西郊，請告知你岳父，他大可高枕無憂。」李老二冷冷說道。

李老二這麼說也在常理之中，畢竟他們李家現在還在西郊，樹大根深，以李老二的角度來想問題，高紅軍顯然會忌憚他們在明裏暗裏與之作對。

「李老二，你們哥仨，我與你接觸的是最多的，如果我告訴你，我今天來是誠心想請你們兄弟出山的，你信不信？」

林東收起臉上的笑容，神情肅穆，眼神忽地變得銳利起來，逼視著李老二。二人目光交接，李老二的目光起初淡如水，顯得與世無爭，而在林東逼視之下，不知怎的，忽然心中湧出了爭勝的欲望，一挺胸膛，眼睛忽地亮了起來，目中的懶散之光一掃而盡，如同巨浪騰空，一飛沖天，就像是換了個人似的。

李老大站在一旁，見二人眼神交集，忽而看看林東，忽而看看李老二，皺著眉頭，很是納悶，不知二人是在弄什麼玄虛。

「哈哈……」

林東忽然哈哈笑了起來，撤去凌厲的目光，如沐春風似的，臉上喜笑連連。

「你笑什麼？」李老二與林東正在比拚眼神，本已到了白熱化的地步，這比拚眼神較之比拚拳腳要更加耗費心力，林東修煉內家功法，又有財神御令護身，李老二自然不是他的對手，正當苦不堪言將敗未敗之際，林東卻忽然收斂了凌厲的目光。

李老二身上的壓力陡然一輕，裸露在外面的上身上已是汗如滾珠，直往下淌。

「老二，你怎麼了？」李老大見他渾身汗涔涔的，關切的問道。

李老二擺了擺手，「大哥，我沒事。」說完又朝林東看去。

林東笑道：「李老二，整天釣魚真的是你想要的生活嗎？」

李老二露出一抹笑容，笑道：「這是我最嚮往的生活了，最好就這樣快活的過一輩子。」

林東朝他上身瞧去，忽而嘆了一口氣，「我懂你心中的苦悶，剛才你的眼神已經全部都告訴我了，你瞞不了我。這麼熱的天，你為何不穿上衣？無非是想折磨自己，讓肉體痛苦，以這種方式來麻痹自己的神經，摧殘自己的鬥志。」

李老二被他道破內心想法，面色忽然一沉，臉上的肌肉抽搐了幾下。李老大從旁瞧見他的模樣，也是暗暗握緊了拳頭，只要老二一出手，他哥倆今天就要給林東點顏色瞧瞧。

林東含笑看著李老二，李老二的臉色變了又變，默然半晌，方才長嘆一口氣。

「林東，給我一個幫你的理由！」

林東暗暗鬆了口氣，李老二能這麼說，已經表明他動搖了，如今他需要的只是個說服自己的理由。

來此之前，林東已經細細考慮了一番，做足了準備，聽了這個問題，不假思索的道：「理由很簡單，西郊是老叔一生的心血，難道你希望他抱憾於九泉之下嗎？」

「哼，那又能怎樣？難道還要我期待著高紅軍大發慈悲，把西郊還給我家？」李老二道。

林東搖了搖頭，「那自然是不可能的。不過表面上西郊卻可能還是你們李家的。」

李老大不耐煩了，吼道：「小子，有話一口氣說完，別吊人胃口行嗎？」

林東道：「只要你哥倆答應替我管理西郊，我便答應你們，維持西郊現狀，兩年內不作任何改變！」

李老大忽然激動了起來，看著李老二，張了張嘴，那句話幾乎就要脫口而出，卻見李老二不聲不響，生生又把話咽了回去。

「天下哪有掉餡餅的事，林東，你的目的是什麼？」李老二問道。

林東望著庭中棗樹，緩緩道：「緩和矛盾，避免衝突，我需要一個較長的時間去完成平穩的過渡。」

這些天李老瘸子嘴上雖是隻字未提西郊，但自打西郊丟了之後，他的病情就迅速惡化，李家兄弟二人都曉得李老瘸子是心病難醫，西郊就是他的心頭肉，丟了西郊就等於丟了半條命。

若能重新管理西郊，雖然只是空有其表，至少對李老瘸子而言，卻是個莫大的安慰。李家兄弟皆是極孝順的人，尋思若是答應了下來，對叔叔的病情大有益處，不免都有些動了心。

「老二，我去殺魚了，事情你看著辦吧。」李老大本就是個沒主意的人，把這難題拋給了弟弟，讓李老二一個人面對。

「林東，我到底該不該相信你？」李老二嘆道，不像問林東，倒像是問自己。

「你不必立馬給我答覆，三天之內答覆我。好了，打擾了半天，我該回去了。」林東去李老瘸子的房間跟他道了別，由李老二送他出了門。

「你的車呢？」

「不遠，就在兩里外。」

「怪不得你剛進門的時候滿頭大汗，原來是步行過來的。」

二人邊走邊聊，回憶起往昔種種。李家三兄弟之中，數李老二跟林東走得最近，在他心裏，一直將林東當作朋友。

看著林東的車遠去，塵土漸漸不見，李老二轉身往回走，心裏已經有了決定。

「既然是朋友，就該相信他！」

鴻雁樓內，席開十八桌，西郊首腦及靈通的人物齊集於此，廳內熱鬧非凡，席上十有七八都是面紅耳熱，仍舊捉對廝殺，划拳賭酒之聲不絕於耳。

唯一比較安靜的一桌則是今天的東道主林東所坐的那一桌。那桌的正上席空出一個座位，而在那座位兩邊，一左一右坐著李家兄弟二人。

李家兄弟經過一番深思熟慮，終於答應了林東的請求，同意為他治理西郊，為期兩年，而空著的那張座位，顯然就是為李老瘸子而留的，雖然他臥病在床無法赴宴，林東卻仍為他空出了座位，足以顯示出對其的尊敬。

窗外漆黑一片，晚宴從七點開始，已經進行了快三個小時了。今天所請來的大多數都是李家的舊部，對新入主西郊的林東十分敵視，原本都不願前來，但一聽說李家兄弟會來，就都決定前來赴宴。

宴會方一開始，林東就宣布了對西郊的治理策略，不僅告知他們西郊目前的狀況不會改變，仍由李家管理，同時，他還宣布每年將會多給在場眾人每人百分之十的紅利。

此言一出，原本一張張冷冰冰的臉頓時就像是被春風吹過似的，漸漸露出了笑容。這些人最關心的就是自己的利益，原本以為西郊落入了高紅軍的手裏，己方的利益肯定會受到侵蝕，沒想到林東居然帶來了這麼個天大的好消息，一時間歡欣鼓舞，喜不自勝，呼朋引伴，推杯換盞。

林東作為東道主，借此西郊重要人物都在之際，便挨桌挨個的敬酒，以便對這些人做一些了解。他敬了十八桌，仍是面不改色。酒量之大，直令在場眾人咋舌不已。

這伙人多是江湖中人，交朋友講究的是大塊吃肉大口喝酒，原本見林東斯斯文文，都有輕視之心，但見林東如此海量，一個個是既驚又怕，對這年輕人的看法改變了不少。

李家兄弟這頓飯吃得很不是滋味，滿桌的珍饈他們卻吃不出好的味道。二人說不出來心裏是什麼滋味，從頭至尾都是沉默寡言，筷子很少動，酒水也是沾唇即止。

「二位，我敬你們一杯！」林東端起酒杯一飲而盡，而李家兄弟則是沾沾唇就放下了杯子。

「以後西郊的事情就多依仗二位了。」林東道。

李老二面無表情的說道：「你放心，我們兄弟既然答應了你，那就會盡全力做好。受人之托忠人之事，這些道理我們是懂得的。」

李老二一諾千金，林東並不害怕李家兄弟會製造麻煩，用人不疑，他相信李老二不會讓他失望。

林東坐在那兒，不時有人過來敬酒，他酒量再大，但終究只有一個肚子，喝得太多，不免覺得頭重腳輕有點發暈。

過了十一點，一群人才晃晃悠悠的從鴻雁樓裏走了出來。有些人似乎還未盡興，三五成群，去別處找樂子去了。

林東與李家兄弟在鴻雁樓外握手道別，看著李家兄弟駕著摩托車去了。李龍三遵高紅軍的令，為林東挑選了兩名保鏢，這二人一直陪在林東左右，見他走路發飄，慌忙上前扶住了他。

「沒事，沒事。」

林東推開了他們，朝著車子走去，抬頭看了看天空，漆黑的一片，看不到星星和月亮。

往前沒走幾步，忽聽一聲驚雷炸響，狂風驟起，蒙蒙灰塵撲面而來，逼得人睜不開眼睛。

林東被這狂風一吹，腳下踉蹌幾下，險些被風吹倒。那兩人再次跑過來扶住了他。

「姑爺，你喝多了，要不在這醒醒酒再走？」

說話者叫楊謙，另外一個叫周旭，都是李龍三手下有勇有謀的好手。

「幾點了？」林東問道。

周旭看了看手機，道：「姑爺，快十一點半了。」

林東道：「太晚了，回家吧。」

說話間，狂風卷來，暴雨狂泄而下。二人沒來得及躲避，渾身已被澆濕，狼狽之極。

經冷雨這麼一潑，林東陡然間清醒了許多，心跳忽然加快，隱隱感覺到危險臨近。這種感覺他曾出現過幾次，而無一次不靈驗。

「趴下！」

林東大喝一聲，按住楊謙和周旭的肩頭，一用力，二人只覺一股大力湧來，難以承受，只一瞬便屈膝彎腰蹲了下來。

在那一瞬，只聽一聲爆響，林東瞧見遠處火光一閃，急忙甩頭，一顆子彈帶著灼灼火氣，從他左臉擦過，火辣辣的痛。砰！

玻璃碎裂，那顆子彈未射中目標，卻將後面鴻雁樓的玻璃門打碎了。

楊謙和周旭這才回過神來，二人驚出一身冷汗，這兩人砍過人，也被人砍過，但槍戰還是頭一次經歷，不免手心出汗，緊張得哆嗦了起來。

三人借助汽車的遮掩，暫時可以不必擔心被射中。林東重重喘了幾口氣，會用槍殺人的絕不會是扎伊，那麼只有可能是龍頭了！

楊謙和周旭經過短暫的驚慌之後，迅速的冷靜了下來，二人一人打電話報警，一人打電話給李龍三，請求支援。

「你們剛才可曾看清了子彈從哪裏射過來的？」林東問道。

二人皆是搖頭，楊謙說道：「我們根本就沒看見，姑爺，你是怎麼知道有危險的？」

林東此刻根本沒心情跟他們說這些，這一槍驚動了鴻雁樓裏的人，樓裏立時亂成了一片。

「林先生，你沒事吧？」鴻雁樓的老闆袁洪濤害怕林東出事，躲在牆後面朝外面喊道。

林東不敢露頭查看龍頭所在的位置，便對袁洪濤道：「袁老闆，你找個好位置，幫我瞭望一下敵人所在位置。」

袁洪濤是高紅軍的手下，若是林東在這裏出事，他知道高紅軍鐵定饒不了他，雖然不願冒險瞭望，卻不得不硬著頭皮上。

過了一會兒，林東的電話響了，正是袁洪濤打來的，他已經找好了瞭望的位置，下令將樓裏的燈全部都關了，從遠處看鴻雁樓漆黑一片，殺手根本看不到他。

「那人長什麼模樣？」林東急問道，不知騎摩托車的是龍頭還是黑虎，只覺這二人也太大膽了，如此明目張膽，簡直已將他視作了砧板上的魚肉。

袁洪濤定眼望去，只能看清楚大概的輪廓，卻無法看清那人的長相，道：「身材高大魁梧，看不清容貌。」

林東的心往下一沉，騎在摩托車上的應該是黑虎，那麼龍頭又在哪兒？黑虎雖強，卻是個好逞匹夫之勇的蠻子，不見首尾的龍頭才是他真正忌憚的人。

第十章 崑崙奴

林東望著老者背影，直如丈二金剛摸不著頭腦。

「年輕人，過來吧，給前任財神爺磕頭。」老者依舊背對著。

「是在叫我嗎？」林東問道。

那老者一轉身，林東一怔，「你？」

「你還記得我？」老者呵呵一笑。

這老者正是崑崙奴，一年前在大豐新村廣場上，賣給他玉片的人。

狂亂的雨滴滴落在身上，冰冷徹骨。砰砰幾聲槍響，幾顆子彈飛速射來，擊在車身上，玻璃碎裂，火花迸現。

黑虎見林東不敢露頭，愈發的著急，他心知此處不能久留，警察隨時都有可能趕來。

「老大，該怎麼辦？」

龍頭安排黑虎去執行幹掉林東的任務，而自己則隱藏在前面路口的一輛車上，一旦黑虎得了手，就會扔掉摩托車，火速趕來與他會合，二人便可逃之夭夭。

「黑虎，速戰速決，他沒有槍！」

龍頭寥寥幾語，點醒了黑虎，林東沒槍，而他手裏卻有槍，幾乎立於不敗之地。想通了這一點，黑虎忍不住開口大笑，單手駕車，朝鴻雁樓門口衝去。

林東聽到了摩托車馬達的轟鳴聲，心猛地一跳，推開楊謙和周旭，拉開了車門，鑽進了車裏，側身躺在車裏，猛踩油門朝著黑虎撞了過去。與其坐以待斃，讓黑虎來到跟前給自己一槍，倒不如捨命一搏，不是你死就是我亡！

眼看林東開車撞來，黑虎也是一驚，未料到林東居然這麼不要命，慌亂之下，扣動扳機，子彈突突掃射，瞬間就將汽車的擋風玻璃打得粉碎，玻璃碎片四濺。

眼見汽車並未停下，如同發狂的野馬朝他撞來，黑虎忽然有些害怕了，只是他還未來得及躲避，摩托車就被汽車撞飛了，他隨著摩托車被拋了出去。落地之時，咳出一口鮮血，勉強站起來，晃晃悠悠沒走出幾步鮮血從胸口狂湧而出，噴出一道血柱，兩腿一軟，倒在地上抽搐幾下便氣絕身亡。血水在黑虎身下匯聚，在暴雨的沖刷下，那紅色的雨水由濃變淡……

林東不知龍頭藏在何處，眼見黑虎死了，也不敢下車。袁洪濤在鴻雁樓裏眼見黑虎死了，一時膽子大了起來，召集手下，一眾廚子拿著菜刀隨他衝了出來。

「林先生，你沒事吧？」

袁洪濤為了討好林東，顧不得大雨，第一個朝林東跑來。

「別過來，快回去！」林東出聲喝斥，話音未落，一顆子彈發出尖銳的嘶嘯，準確無誤的射中了袁洪濤的腦門。

袁洪濤只聽到腦門裏傳來嗡的一聲，還未感覺到一絲痛苦，已徹底喪失了知覺，肥胖的身軀轟然倒下，激起一灘泥水。

龍頭在耳機裏聽到了聲音，猜想黑虎出了事，便開車趕了過來，遠遠瞧見黑虎一動不動的倒在地上，一股熱血沖上腦門，只覺這世上人人可殺，袁洪濤離得最近，成為第一個無辜的亡魂。

一眾廚子手拿菜刀一時愣住了，繼而掉頭便跑。龍頭見最後一個兄弟也死了，胸中燃起無邊怒火，只有殺戮才能宣泄他心中的怒火，槍口火光閃爍，每閃一下，便有一人應聲倒地。

「瘋了！」

林東見那麼多人因他而死悲憤交加，忽然一踩油門，汽車如離弦之箭般躥了出去。他知道龍頭最想殺的人就是自己，見他逃走，龍頭必然狂追，便可解此地之危。

果然，龍頭看到林東駕車逃走，立馬停止了射擊，開車追了過來。深夜路上車少，林東把車開得極快，通過後視鏡，林東看到了離他只有不到二十米的龍頭的車。

不多時，警笛聲傳來，林東心頭大喜，心道救星來了，抬頭望去，幾輛警車迎面駛來。林東猛地加速，繞到了警車後面，鬆了一口氣。

龍頭心知不妙，此時才知道自己太過魯莽了，想要掉頭，卻見後面也駛來幾輛車，頓時陷入進退兩難的境地。林東知道是李龍三也帶人趕來了。

李龍三這些日子一直在找龍頭，龍頭與高紅軍有殺妻之仇，但龍頭不是等閑之輩，只要他想要躲藏，李龍三就找不到他。得知林東無恙，李龍三興奮了起來，龍頭終於現身了，他帶來那麼多人，心想抓住龍頭應該不是難事。

林東擔心李龍三行事魯莽，立馬給他打了個電話，讓他不要輕舉妄動，封住龍頭的退路即可。

李龍三指揮手下，幾輛車並排停靠，將一條路堵得死死。

一群荷槍實彈的武警下了警車，面容冷峻，冰冷的槍口對準了龍頭的車。

「車裏的人聽著，你已經被包圍了，趕緊下車投降！」

喊話的是蘇城市局刑偵大隊的大隊長何步凡，與林東交情匪淺，聽說是林東遇襲，親自帶隊趕了過來。

龍頭藏在車裏，他一生經歷過無數次廝殺，眼前的形勢雖然對他不利，但還沒到絕望的地步。前面是警察，手裏有槍，火力兇猛，而後面的那伙人卻沒有現代化的武器。

他很快就有了決斷，決定從後方突圍。前面的警察害怕傷害到後面的那伙人，必然不敢開槍，他要做的就是用最短的時間從後面打開缺口。

龍頭猛地調轉車頭，把油門踩到了底，朝著李龍三這伙人的車子撞了過去。

何步凡立馬明白了龍頭的意圖，不敢下令開槍，一揮手，吼道：「上車，罪犯要逃！」

一聲巨響，兩車相撞，龍頭開的車正好撞到了正中央的李龍三的車，李龍三的車被撞得朝後退了半米，又撞上了後面的車。

李龍三眼見兩名弟兄死於龍頭槍下，目眥欲裂，只是忌憚龍頭手裏的槍才沒上去拚命，見龍頭子彈打光，怒吼一聲，撲了上去。

龍頭身處絕境，反而激發出最大的潛能，扔掉手槍，以不可思議的速度解決了撲來的幾名李龍三的手下。李龍三的身手在蘇城已經算是頂尖的了，見龍頭如此驍勇，頓時生出爭勝之心，掄臂揮出一拳。

龍頭好似渾身長眼，瞧也不瞧，側身閃開之際，遞出一拳。李龍三招式用老，無法閃避，那一拳打在他的腰眼上，只覺渾身肌肉一顫，全身力氣都在那一瞬間泄了。若不是後面警察追了過來，李龍三的一條命就算是葬送在龍頭手裏了。

林東此刻已經下了車，眼見那麼多人無辜而死，卻都是因為自己，只覺一股熱血湧上腦門，全身肌肉緊繃起來，不由自主的邁步追了出去。

「林總……」

何步凡見林東衝了過去，先是一愣，繼而才想到林東的安全要緊，一跺腳，帶著一隊人追了過去，而盛怒之下的林東奔跑速度有如一陣狂風，何步凡等人使出全力也無法跟得上他的速度。

李龍三一個回合就敗下了陣，這是他前所未有的恥辱，在場所有他的手下都驚呆了。龍頭如虎入羊群，切瓜砍柴般解決了這伙人，正想逃之夭夭，忽覺背後一陣狂風襲來，扭頭一看，來的竟是林東！

「找死！」

龍頭大喝一聲，轉身去擋林東遞過來的一拳，他本以為今天沒機會殺林東了，卻不料林東居然主動送上了門，心中不免大喜。

林東這一拳使出了全力，而龍頭卻只用上了七八分的力氣，拳掌交替的一剎那，龍頭就知道低估了林東，連退幾步，差點摔倒。

「好小子，有幾下子！」

龍頭收起輕敵之心，冷冷看著林東，目光如鷹般銳利，嘴角泛起一絲冷笑的一剎那，忽然躥了過來，幾乎在一瞬間就來到了林東身前，左拳打向林東胸口。

林東抬起雙手去封他的左拳，沒料到這只是龍頭虛晃的一招，還未反應過來，龍頭的右手已閃電般朝他的喉嚨抓來。他看到龍頭的眼神，充滿了輕蔑與譏諷，似乎是在說，你終究還是死在了我的手裏。

電光火石之間，林東胸口一熱，不由自主的往後倒去，龍頭的利爪從他喉嚨前毫釐處擦過，帶起的勁風如刀子般從他喉嚨處的皮膚上劃過。

若論力量，龍頭或許占不了優勢，但是若論格鬥技巧，他卻要比林東高明太多，這不是靠學就可以學來的，是他以生命為賭注，在無數次生死搏鬥中汲取來的經驗。他的招式，簡單，凌厲，去掉了所有不必要的花式，均是以消滅對手生命為直接目的。剛才的那套虛實結合的招數，他曾用過五次，前五次都一把捏碎了對手的咽喉，而第六次卻失手了。

龍頭還沒來得及驚訝，已感覺到了腹部的疼痛，他未想到林東居然能夠在躲避他要命一擊的同時還能發出攻擊。

財神御令總在危急時刻會給予林東一種可怕的力量，感覺到了胸前火熱的林東，就如一頭戰無不勝的雄獅，嘶吼著朝龍頭撲去。

二人再次交手，轉瞬之間，攻守易位，林東的攻擊如狂風暴雨，愈來愈猛，此消彼長，龍頭漸漸只剩下防守之力。

「破！」

林東怒喝一聲，直直的一拳轟向龍頭胸口，龍頭抬起雙手去封，接觸到林東拳頭的一剎那，他的防守之力就被擊潰了，那一拳結結實實的撞上了他的胸口。

龍頭只覺胸口的肌肉陷了下去，似乎聽到了骨骼斷裂的聲音，一口氣沒提上來，睜大眼睛，不可思議的看著林東。

「林總，讓開！」

剛才兩道人影糾纏在一起，何步凡怕誤傷了林東，不敢下令開槍，二人乍一分開，他就舉起了手中的槍，扣動了扳機。

一槍爆頭！

相聚不到五米的距離，何步凡沒理由打不中目標。曾有不少人是以這樣的方式死在龍頭的手裏，而今天，他也以這樣的方式結束了自己的生命，沒有疼痛，倒在地上的那一瞬間，他才有了唯一的知覺。

冷，冰冷，彷彿這世界從未給過他溫暖。

倒在雨水中抽搐的這個人，紅白混合之物從他的腦袋裏汩汩冒了出來，大雨拍在他的臉上，很快就將一切穢物沖刷的乾乾淨淨。

眾人紛紛圍了過來，欣賞這梟雄的悲劇結局。

何步凡是今晚最開心的人，龍頭手上有多條人命，他和他的組織更是犯下了滔天的罪惡，如此要犯在他手上授首，可說是大功一件，他就等著接受上頭的封賞了。

「林總，你沒事吧？」

何步凡關切的問道，若是沒有林東，他絕對殺不了龍頭。

林東搖搖頭，笑道：「我沒事，如果你們來晚了，我今晚可能就要出大事了。」

何步凡道：「都怨我，讓這傢伙逍遙法外太久了。改天我請你喝酒，當作賠罪，你可一定賞臉。」

林東去看了看李龍三，他的腰傷得不輕，已經沒法站直了。

「三哥，還行吧？」

李龍三咧嘴一笑，「林東，我不服你不行了。」他一直很想和林東比較拳腳，經此一戰，已無較量的必要了，龍頭就是二人強弱的參照，孰強孰弱，一看便知。

從警局錄完口供回到家裏，已是凌晨三點。

高紅軍早已得知消息，知道龍頭已死，而居功至偉者則是林東，愛妻之仇得報，他甚是興奮，特意吩咐了廚房，準備了一桌酒菜，要與林東共飲。

高倩早已睡下，她第二天早上才得知了這消息，頗為吃驚。高紅軍命人準備了香燭紙錢，帶著女兒女婿去祭奠亡妻。

掃墓歸來，林東去看望了李龍三，李龍三臥床不起，據醫生所說要休養幾天才能下床。

「林東，你昨晚那一拳把龍頭的肋骨都打斷了，斷骨刺進了他的心臟裏，就算何步凡不開那一槍，龍頭也活不成了。」

李龍三得知了法醫的驗屍報告，笑著說道。

與李龍三聊了一會兒，林東剛從他的房間出來，口袋裏的手機就響了起來。

林東一看是個陌生的號碼，接通之後就問道：「你好，請問哪位？」

「你是誰？」

電話那頭傳來一個女人冰冷的聲音，反問林東。

林東愕然，心道明明是你打來的電話，為什麼問我是誰，微微笑道：「我想你可能是打錯了吧。」

「前些日子，你給這個號碼打過電話，不是嗎？」那女人的聲音依舊冰冷。

林東皺眉一想，問道：「請問您貴姓？」

「我姓方！」

「姓方？」林東沉吟道，忽然之間想了起來，前些日子與馮士元在一塊喝酒，馮士元給了他一個姓方的女人的號碼，說是那女人或許可以化解他與扎伊之間的仇恨。

「方小姐，不好意思，時隔太久，我倒是忘了。」林東卻不知打來電話的這女子正是他曾在騰沖有過一面之緣的方如玉。

方如玉也不知電話另一頭的是曾對她有恩的林東，淡淡說道：「你是怎麼知道這個號碼的？」她的這個號碼作為特定用途的聯繫方式，知道的人極少。

林東道：「是一位朋友給我的，他曾在南方的一個古老的部落裏修養，是你帶他離開那個部落的。」

方如玉馬上就想到了那個禿頂的中年男人，「你找我什麼事？」

林東道：「我想向你打聽個人……」

林東將扎伊的情況簡單的說了一遍，並一再申明，他並不想傷害扎伊。

方如玉聽完了林東的敘述，便猜到了林東所說的是誰，她與摩羅族淵源極深，幾乎每年都要去住上一段日子，熟悉族裏的每一個人。

「你說的那人叫扎伊，聽說去年族裏來了一個人，治好了他母親的病，扎伊為報答那個人，向烏拉神起誓，一輩子做那人的奴隸。」

「方小姐，我的朋友告訴我，摩羅族的每一個人都很善良淳樸，我實在不願意傷害扎伊，但也不想被他傷害，你可以幫我嗎？」林東問道。

方如玉道：「摩羅族裏的每個人都對我有恩，扎伊的事情我既然知道了，就不能不管。你告訴我地址，我立馬趕過去。」

林東大喜，將地址告訴了方如玉，並說明會去機場接她。在家裏吃過中飯，林東就去了金鼎投資公司。

這些日子他疏於對公司的管理，但公司的業績卻並未下滑，在管蒼生的帶領下，連續做了多支暴漲的牛股，資產更是水漲船高，達到了一個前所未有的新高度。

投資公司有管蒼生這個曾為業內傳奇的人物坐鎮，林東並不擔心，即便是他從此甩手不問，他相信投資公司的發展也不會差。有一個問題，始終縈繞在他心裏。投資公司所有的客戶都是有錢人，在資本市場摸爬滾打，實質就是從他人口袋裏搶錢。長久以來他幫助有錢人搶了很多錢，這些錢還有不少都是從窮人口袋裏搶來的。這與他的理想可以說是相悖。

林東出身貧寒，了解窮人的疾苦。比起為有錢人賺錢，他更願意造福於普通的老百姓，而這是做私募無法實現的。

是不是該成立個基金公司了？

林東把管蒼生請到了辦公室，自他戒煙之後，對喝茶倒是講究了起來。二人面對面坐著，面前都放了一盞香茗。

「管先生，我有個想法，想請你參謀參謀。」林東笑道。

管蒼生道：「林總，你說吧。」

林東將成立基金公司的想法說了出來，管蒼生聽完之後沉默了片刻。

「林總你的想法和出發點都是好的。不過做基金與做私募不大相同，以咱們目前的實力，沒能力做出太大的盤子。」管蒼生道。

林東笑道：「當初金鼎初立，操盤的只有我、老崔和大頭三人，誰能想到會有現在的規模？你說的這個不是問題，咱們可以從小盤子做起，一口吃成胖子的事情風險可不小。」

管蒼生道：「我要跟你說的第二點，就是關於風險的。成立基金公司的目的是要為中下層收入的老百姓謀利，先說句喪氣的話，萬一咱要是搞砸了，給他們造成的可能就是血本無歸啊！」

「請你來之前，我也考慮過。」林東喝了口茶，繼續說道：「我有個想法，這支基金以每份一塊錢的淨值發行，如果跌破一塊，這些損失由公司承擔，不能虧了低收入老百姓的血汗錢。」

管蒼生看到了林東的決心，說道：「林總，這是比賺錢更有意義的事情，既然你這麼說，我就豁出去這條老命，打好這第一炮！」

林東哈哈笑道：「管先生，你太著急了，眼下公司還未成立，最迫切的就是先把基金公司搞起來。」

「不過是時間問題，過場子走些程序罷了。」管蒼生笑道。

管蒼生走後，林東給溫欣瑤發了一封郵件。在郵件中，林東交代了自己的想法，並且告訴溫欣瑤，成立的基金公司會有她一半。他永遠都記得，當初從元和離職，是溫欣瑤給了他這個可以一展才華的舞台。如果沒有溫欣瑤的幫助，林東連想都不敢想自己會有今天的成就。

發了郵件，林東又在辦公室裏做了一份成立新公司的方案，不知不覺中，已錯過了下班時間。

「已經快八點了。」

林東喝了口茶，將做好的方案仔細的看了一遍，查漏補缺。

當他全身心投入在方案中的時候，在這座城市的另一邊，一群來歷不明卻大有來頭的人悄悄的在一個地方匯聚。他們彼此從未謀面，彼此卻都認識，此次聚集一起，都是為了那個消失幾百年的神物。

來的這些人，每一個都是全球華人中的佼佼者，背後有一個龐大的家族和驚人的財富。而流傳在家族中的一段秘辛告訴他們，今日所擁有的財富和地位其實並不屬於自己，就連整個家族，也只是那筆驚人財富的掌管者，並非擁有者。

方如玉是在與林東通完電話的第二天早上到達蘇城，林東駕車來到機場，在接機處等了一會兒，就見到一頭烏黑濃密的長髮盤起在腦後的她。

方如玉身著黑色的絲質襯衫，衣服的料子極好，柔順的緊緊貼在她曼妙多姿的身軀上，修長的兩腿上是黑色的緊身西裝褲，就連腳上的平底鞋，也是黑色的。

在迎面走來的眾人之中，林東一眼就認出了她，與他心裏所想的沒什麼差別，這個女人非常獨特，全身上下散發出冰冷的氣息，似乎隨時做好拒人於千里之外的準備。

林東朝她走去，碩大的太陽眼鏡遮住了方如玉小巧精緻的半張臉，他看不出這女人到底長什麼模樣，但直覺告訴自己，應該是個美人，否則就太對不起她臉上細嫩光滑的皮膚了。

「你好方小姐，我是林東。」

林東主動和她寒暄，伸出了手。

方如玉沒有去握他的手，看了看林東，微微皺了皺眉頭，林東看不到她墨鏡後面驚愕的眼神。

「林先生，我們是不是在哪兒見過？」方如玉不肯定眼前的這個男子是不是那個黑夜救了她一次的人，時隔太久，當初又沒看清楚，只是有點說不出的熟悉感。

林東心中納悶，尋思道：「你連墨鏡都不摘下來，我連你真實的樣子都看不到，叫我如何回答你的問題？」不過臉上卻是帶著笑意，方如玉此次前來是為了帶走扎伊的，從客觀上來說，應該是幫了自己一個忙。

「可能我長得比較大眾，所以會令方小姐有點似曾相識的感覺。不過這樣也好，就讓我們如老朋友般無拘無束的交流吧。」

現在的林東無論是氣質還是外形，都與一年前在騰沖的時候有很大的區別，即便當初方如玉記住了他，時隔一年再見面，應該也很難一眼就認出他。

方如玉看了看腕錶，說道：「時間還早，現在不是去找他的時候，我需要一個落腳的地方。」

林東道：「那就請跟我來吧，我已經為你安排好了酒店。一路飛來，想必方小姐也累了，好好休息一下。」

林東帶著方如玉直奔萬豪國際大酒店去了，他已經在那兒為方如玉安排好了一間總統套房。

上了車，方如玉坐在後排，雙臂抱在胸前，目光一直看著車窗外面。林東一邊駕車，一邊跟她說起蘇城和溪州市兩地的風景名勝，方如玉除了偶爾「嗯」一聲之外，絕大多數時間都是沉默著看著窗外。林東甚至懷疑，這個女人壓根就沒在聽他說話，想到這一點，心裏難免有些不爽，閉上了嘴，加速朝酒店開去。

到了酒店，林東為方如玉辦好手續，帶著她來到房門前。

「方小姐，你休息吧，如果要用餐，你可以給總台打電話，也可以自己去餐廳，都算在我的賬上。」

林東轉身要走，不料方如玉卻把他叫住了。

「林先生，別急著走，我有些問題想要問你，進房間說吧。」

「滴答」一聲，方如玉打開了房門，林東隨後跟了進去。

「麻煩你將與扎伊交手的時間和地點詳細的告訴我，這一點對我找到他非常重要。」

林東理了理思緒，按照時間先後，將三次交手的時間和地點一一說了出來。方如玉聽得十分專注，拿著筆不停的在筆記本上記錄重要的信息。

「……好了，就這些。」

林東說了好一會兒，覺得有些口乾，本想喝杯茶再走，哪知方如玉把筆記本一合，說道：「林先生，你可以走了，不送。」

林東啞口無言，轉身離開了她的房間，去了公司。

溫欣瑤已經看到了林東給她發的郵件，對於他想要為低收入和中等收入的老百姓賺錢的想法十分贊同，鼓勵林東去做，並且將自己的許多很好的想法也寫在了回覆林東的郵件裏。

看到溫欣瑤的回信，林東倍受鼓舞，立即就召開了會議，集思廣益，力求拿出盡善盡美的方案。

直到下午五點鐘，他才收到方如玉的簡訊，要他晚上八點鐘趕去酒店。

晚上七點半，林東就到了萬豪大酒店，按響了方如玉房間的門鈴，門很快就開了。

「你坐一會兒。」

方如玉把林東撂在客廳裏，獨自進了房間，不一會兒就走了出來，換了一套運動裝束，看上去清爽幹練。

「我們這是要去哪裏？」林東問道。

方如玉道：「當然是去找扎伊了，你以為我來是為了幹什麼？」

林東一時語塞，方如玉說話句句夾槍帶棒，顯示出這個女人強勢的性格。

「方小姐，你知道扎伊在哪兒嗎？」

扎伊神出鬼沒，林東心想如果漫無目的的四處尋找，就憑他們兩個人，找上一百個晚上也不一定能找到扎伊。

方如玉道：「我不肯定，碰碰運氣吧。你先帶我去那棟抵雲灘的別墅吧。」

二人出了門，林東開車帶著方如玉朝抵雲灘的別墅趕去。

到了那兒，方如玉從隨身攜帶的背包裏找出兩把手電筒，丟了一把給林東。

「你走在我身旁，如果扎伊突然現身，不要做出帶有攻擊性的動作。」

「好。」

二人下了車，慢慢朝別墅走去。

這時，林東見方如玉從口袋裏掏出一條骨鏈，與馮士元的那一條幾乎一模一樣。

方如玉嘴裏含著骨鏈上一個號角模樣的東西，鼓腮一吹，聲音嗚嗚咽咽，如泣如訴，隨著夜風飄蕩，傳出老遠。

林東雖然與她是並肩而行，卻總感覺那聲音是從遠方飄來的，有種說不清道不明的虛無縹緲感和古老遼遠的氣息。

吹了兩分鐘，方如玉停了下來，收起骨鏈。

「方小姐，怎麼不走了？我們不是要進別墅嗎？」林東問道。

方如玉看著黑暗中的房子，緩緩說道：「他不在這裏，走吧，去下一個地方，梅山別墅！」

見方如玉如此肯定，林東也不好多問，畢竟論起對扎伊及摩羅族的了解，自己與眼前這位冰美人相差太遠。

在去梅山別墅的路上，林東從後視鏡中看到方如玉一直低著頭，手上把玩著那串骨鏈，神情若有所思。

「到了。」

到了地方，林東把車停下，指著前面陰森森的大房子說道。

梅山別墅荒廢已久，這座兇宅已經成為山中鳥獸的天堂，月光灑在這座宅子上，更添幾分慘白之色。

梅山地處荒僻，到了晚上，更是漆黑黑一片，饒是今夜星月同輝，在這萬籟俱寂，只聽得到風聲的地方，仍是讓人產生陰森之感。

二人皆是膽大之人，方如玉沉默的向前走去，她的步伐沉穩矯健，林東加快速度，緊隨在她身後。

方如玉第一眼見到這棟別墅，就有一種強烈的感覺，她感覺到扎伊就在裏面，似乎已經可以從空氣中嗅到摩羅族人特有的氣息。

摩羅族人普遍有一種故土難離的情懷，所以大多數族人一輩子都不會離開部落。扎伊跟著萬源來到城市裏，如果萬源還在他身邊，那麼自然萬源到哪裏他就會跟到哪裏，而既然萬源已經不在人世了，那麼扎伊可去的地方就有限了。

方如玉知道，扎伊為了能為萬源報仇，肯定不會離開溪州市或蘇城這兩地，抵雲灘別墅和梅山別墅所在地都比較偏僻，摩羅族人不喜喧嚣，那麼這兩個地方就是扎伊最好的藏身之地。

既然在抵雲灘別墅沒找到他，方如玉相信一定會在這個地方找到扎伊。

離別墅的院門還有二十米，方如玉停下了腳步。她知道以扎伊的耳力，只要他在別墅裏，就一定已經聽到了他們的腳步聲，為了不嚇跑他，方如玉打算就在門外以骨笛的聲音把扎伊引出來。

「記住待會若是見到了他，最好站著別動！」方如玉叮囑道。

林東點了點頭。

她拿出了骨鏈，找出了其中一個號角模樣的骨頭。林東看見那根骨頭是中空的，外面還有很多個小孔。

方如玉吹響了骨笛，這次的聲音與在抵雲灘別墅門外如泣如訴的低沉聲音不同，顯得十分的高亢，像是吹響了進攻的號角。

聽著這聲音，林東不由自主的眼前浮現出一個畫面，畫面上一群以樹葉遮體的野人拿著弓箭，飛奔在叢林之中追逐著前面嚇破了膽的獵物。

正當林東沉浸在骨笛所營造出來的情境之中之際，忽然又聽到了另一個聲音，那調子居然與方如玉吹出來的是一模一樣的。兩個聲音相互和著，猶如互相纏繞的巨龍，朝著高空飛去。

到了最高處，忽然之間聲音嘎然而止，而在山谷之中卻迴盪了好久。

「一定是扎伊！他果然藏在這裏！」

林東心道，卻不知方如玉是如何知道扎伊藏在這裏的，心裏對她又多了幾分佩服。

方如玉手裏緊緊攥著骨鏈，臉上閃過一抹喜色，「他出來了！」

話音未落，林東就見前方別墅的院子裏騰起一道黑影，矯捷如猿猴一般，這身影他再熟悉不過，來的正是扎伊！

扎伊落在地上，瞧見了林東，目光在他身上停留了幾秒而後又朝方如玉看去，目光中帶著疑惑，他很奇怪為什麼方如玉會和林東在一起。

扎伊嘰哩咕嚕的對著方如玉說了一些話，林東一句也聽不懂，卻見方如玉搖了搖頭。

原來，扎伊一看到林東就要衝上去替主人報仇，但礙於方如玉這位故人在旁，所以沒有立即動手，所以就開口讓方如玉讓開，免得鮮血玷污了她的衣服。

扎伊見方如玉搖頭，著實有些憤怒了，睜大眼睛看著林東，目光兇悍的就如餓的野獸一般。

方如玉一手攔在林東面前，借以告訴扎伊，她是不會讓他傷害林東的。

扎伊很是不解，不明白這位老朋友為什麼要幫助他的敵人，但是方如玉是全族人的朋友，每次到部落，都會帶來許多部落裏需要的藥物、布匹和鹽，雖然憤怒，扎伊卻沒有強行撲上去與林東廝殺，這完全是給方如玉面子。

林東將雙手背在身後，借此告訴扎伊，他這次來不是和他打架的。

扎伊嘰哩哇啦又說了幾句，意思就是讓方如玉讓開，否則就算是朋友，他也要得罪了。

方如玉已經調查過了萬源的背景，知道扎伊跟的不是一個好人，就告訴扎伊，他被人利用，希望他不要一錯再錯，迷途知返。

扎伊脾氣暴烈，見方如玉一再護著林東，狠狠的跺了一腳，一腳蹬地，飛一般朝林東撲來。

林東心道：「不好，看來這野人要不給老朋友面子了。」

他正在考慮要不要還手，忽覺身旁一陣風吹過，方如玉就這麼在他眼前消失了，再一看，不知何時，方如玉已經迎上了扎伊，二人鬥在了一塊兒。

「這女人……是人還是鬼？」

林東與扎伊交手多次，知道扎伊的速度很快，但與方如玉形如鬼魅般的速度比起來，可說是渣到了家。

就見扎伊被一團黑影圈在中間，他不停揮拳，卻都像是打到了空氣似的，始終擺脫不了那團黑影的糾纏。

「怎麼可能會有這麼快的速度？」

若非親眼所見，林東絕對不敢相信人可以達到這種速度，這速度難道不該是電影裏才有的嗎？

正當他看得眼花繚亂之際，黑影陡然消失，香風撲面，方如玉又回到了林東的身邊，就像是從未離開似的。

再看扎伊，渾身上下被捆成了粽子似的，被一圈圈黑布裹住了四肢，動彈不得。

「你是怎麼做到的？」

方如玉的實力讓林東感到害怕，扎伊那麼厲害的一個人，她居然能那麼輕鬆的制住他。

方如玉微微有些氣喘，額上冒出細密的汗珠，林東只看得到她身手矯捷遠勝常人，卻不知她剛才已經使出了全力。扎伊並不是那麼容易制服的，若是與他纏鬥，必然會有人受傷，方如玉不想自己受傷，更不想扎伊受傷，所以只能在扎伊還未下決心與她拚鬥之前，盡快制服他。

方如玉沒有回答林東的問題，邁步朝扎伊走去。扎伊此刻四肢無法動彈，唯有一雙眼睛亮得嚇人，像是一把寒光四射的利劍一般，狠狠的瞪著方如玉，只是那駭人的目光之中，卻飽含著不解，他不明白為什麼這位老友會幫助林東這個外人。

二人皆以摩羅族的語言對答，林東只聽得到他們嘰哩呱啦的說個不停，語速飛快，卻連一個字也聽不懂，但他看得出來，方如玉和扎伊正在激烈的爭吵，而爭吵的中心則必是自己無疑。

萬源的祖輩父輩都是醫生，他算得上是出身於醫學世家，雖然後來並未走上從醫的道路，但治療一些常見的病症還是頗有心得的。他流落到摩羅族，恰逢扎伊的母親染了風寒，部落裏逢人生病，只會請巫婆來做場法術，能不能戰勝病魔，完全靠命。

扎伊請了幾次巫婆，母親的身體卻是越來越糟糕，起初還能下床走動，過了些日子，卻只能躺在床上說著夢話。就在這時候，萬源來到了部落裏，就落腳在扎伊的家裏。他一眼就看出扎伊的母親生的是風寒，只有這種原始部落還對這種病束手無策。

他告訴扎伊，他可以治療好他母親的病，扎伊聽了之後大喜，便跪倒在萬源的面前，請求他施法。

萬源讓扎伊帶著他進山，在山裏採了些草藥，回來之後熬成了湯藥。扎伊的母親喝了湯藥不久病就好了。扎伊自小孤苦，父親在他未出生之時便在一次狩獵中被黑熊打破了腦袋，與母親相依為命，在母親生病之時便向族裏信奉的烏拉神起誓，誰能醫好他的母親，他就做那個人忠心的僕人。

扎伊並非不知萬源是個惡人，跟了他那麼久，親眼見過他做過許多惡事，即便是方如玉不說，他也很清楚萬源的為人以及品性。只是他曾向烏拉神起誓，也一直相信母親能夠逃過病厄，皆是因為烏拉神垂青的結果。

所以即便是萬源再壞，他也不敢不能違背曾經對烏拉神許下的諾言。

「扎伊，你口口聲聲說不能違背對烏拉神的誓言，但你知不知道，你已經背叛了烏拉神，背叛了你的信仰！」方如玉以摩羅族的語言說道。皎潔的月光照在她的臉上，令她看上去莊嚴而肅穆。

「你胡說什麼，我怎麼可能背叛烏拉神？」扎伊聞言，勃然大怒，對著方如玉大吼起來。

方如玉厲聲說道：「我問你，你可還記得烏拉神的教誨？」

扎伊道：「除非被砍了腦袋，否則我永遠不會忘記烏拉神的教誨。」

方如玉冷笑道：「哼，那好，我問你，烏拉神的第一句教誨是什麼？」

扎伊脫口而出：「烏拉神的第一句教誨就是要有一顆向善的心！我說的對不對？」

方如玉點點頭，「你記得倒是很清楚，但我問你，你幫助萬源那個惡人做壞事，助紂為虐，你的向善之心到哪裏去了？」

扎伊不禁語塞。他是個簡單的人，從來都沒有考慮過這種問題。

方如玉發現他神色的變化，知道剛才的一番話起了作用，扎伊的本性是很好的，她想只要能讓他認識到所犯下的錯誤，勸他回頭並不是不可能的。

「扎伊回頭吧，你可知道，烏拉神看著你長大，從你孱弱的幼兒時期就庇佑你，我想當她看到你誤入迷途，一定會垂淚吧。扎伊，摩羅族所有人都是烏拉神的孩子，烏拉神是你們信奉的神靈，也是你們的母親。你難道忍心傷害自己的母親嗎？」

扎伊憤怒的目光漸漸弱了下來，他低下了頭，目光變得柔和，沒過多久，竟然低聲啜泣了起來。

林東就在不遠處，聽到扎伊的哭聲，微微一愣，他怎麼也沒想到這個野人也會流淚。

「這丫頭太厲害了！」

扎伊的哭聲慢慢變大，起初如蚊蠅嗡嗡，後來如夜梟哭啼，到最後便如驚雷滾滾，響徹山谷，綿延不絕。

方如玉臉上泛起了笑容，在她的勸說之下，扎伊終於意識到了自己的錯誤。城市不是摩羅族人該來的地方，她此行最主要的目的，就是要把扎伊帶回部落，回歸山林。

「扎伊，別哭了，跟我回去吧，部落裏所有人都很想念你，烏拉神也在翹首企盼你回歸故里。」

扎伊抬起了頭，含淚點了點頭。

「如玉小姐，我是個罪人，我違背了在烏拉神面前立下的誓言，烏拉神將不會再保佑我了，沒有烏拉神神光的庇佑，我死後將會下地獄，遭受割鼻之苦。」

在摩羅族人看來，再也沒有什麼比喪失烏拉神的庇佑更為痛苦的了。扎伊剛剛決定背棄誓言，不再做萬源的奴僕，身上的壓力陡然減輕，而因為背棄了在烏拉神面前立下的誓言，他感覺不到一點輕鬆，反而覺得身上像是背了一座大山似的，壓得自己快要喘不過氣來了。

方如玉解開了纏繞在扎伊身上的布帶，為他擦去臉上的淚痕，含笑說道：「扎伊，烏拉神不會怪罪你的，她會為你的迷途知返而高興，請相信我！你別忘了，摩羅族人都是她的子民，烏拉神她有一顆寬容的心。」

扎伊就像是個孩子，方如玉細心的去哄他，這才讓他不再哭泣。

「走吧，現在我帶你去見一位朋友。」

方如玉拉著扎伊走到林東面前，林東暗中戒備，他雖然對方如玉有信心，卻對扎伊沒什麼信心，誰知道這個野人會不會突然發難。

「林先生，我已化解了你們之間的仇恨，請寬恕我的朋友曾經對你犯下的罪過。」

方如玉說完，又用摩羅族的語言對扎伊說了幾句。

扎伊伸出手，嘴裏嘰哩咕嚕的說了幾句。林東雖然聽不懂他說什麼，卻看得出他很友好，很真誠。

「他是要跟我握手言和嗎？」林東問方如玉。

方如玉笑著點頭，「你還不笨，讓你猜對了。」

林東莞爾一笑，難題解決了，他心裏輕鬆了許多，大方的與扎伊握了握手。

事情圓滿解決，林東不禁心情大好，這山上原本令人感到凄冷的風也變得令人留戀，在這悶熱的夏夜，山風顯得是那麼的彌足珍貴。

「方小姐，我可以問你一個問題嗎？」林東笑著說道。

方如玉成功勸服扎伊，心情也很不錯，對林東露出一笑，「你有什麼想問的？」

林東說出了心中的疑惑：「為什麼你的身手會那麼的快？說真的，一開始的時候，你在與扎伊交手的時候，我真的有種眼花繚亂的感覺。」

方如玉道：「你聽說過東瀛的忍術嗎？」

林東點了點頭，「聽說過，這是一門古老而又神秘的功夫，就和中國的周禮一樣，年代久遠了。」

方如玉道：「忍術的確很古老，不過與周禮不同的是，這門功夫並未失傳。我師從東瀛一位忍術大師，忍術講究的便是一個『忍』字，在未發現對手的破綻之前輕易不會動手，而一旦動手就力求建功，而忍術的所有進攻都基於一個『快』字，所以一個優秀的忍者，必然擁有驚人的耐力和超於常人的速度。」

林東想起了一年之前在騰沖的那個夜晚，毛興鴻的手段不可不謂高超，當時那個方姓女子就藏在道旁的密林中，而他卻瞻前顧後，左試右探，好不容易才下決心進林子。

那晚他也曾見過林中女子的手段，卻不知那女子用的是否是東瀛的忍術？他覺得眼前的方如玉很容易令他想起那晚密林中的女子，卻不知二人是否有什麼關係。

「林先生，我要帶扎伊回去，我知道他做了許多有反國家法律的事情，但他本性純良，我希望你不要追究。」方如玉道。

材東笑了笑，「摩羅族本來就是化外之民，不知者無罪，況且扎伊是受萬源唆使，你大可帶他回去。」

方如玉回頭一笑，對跟在身後神色緊張的扎伊說道：「扎伊，他已經原諒你了，你以後要多多積德行善，以彌補曾經犯下的過失。」

扎伊長長舒了一口氣，咧嘴笑了笑。

「林先生，我想請你幫個忙。能把你這輛車借給我嗎？」方如玉突然道。

林東愣了愣，轉而笑道：「當然可以。」說完已從口袋裏掏出了鑰匙交給了方如玉。

方如玉解釋道：「帶著扎伊坐飛機恐怕不大方便，所以只能開車回去了。」

林東這才知道她借車的目的，笑道：「方小姐盡管拿去開。」

回去的時候就換了方如玉駕車，她已告訴林東要連夜趕路，所以打算將林東送到蘇城之後就南下。

到了蘇城也是深夜，空曠的街道上顯得十分安靜，車輛寥寥。

林東下了車，與方如玉揮手作別，剛轉身，聽到身後車門打開的聲音，方如玉下車追了過來。

「還有事麼？」林東笑問道。

方如玉道：「林東，見你第一眼我就有一種似曾相識的感覺，你能不能告訴我，去年有沒有去過騰沖？」

聽她這麼一問，林東已經基本可以確定，方如玉就是那晚在密林中的女子。

「毛興鴻那晚追的女子就是你麼？」林東道。

方如玉莞爾一笑，「那就沒錯了，那晚救我的就是你。後來我找人多方打探，都沒有你的消息，就知道你應該不是本地人。」

「原來我們已經是老相識了，我幫了你一次，你幫了我一次，緣分啊。」林東笑道。

方如玉道：「南邊正在發生一件大事，你的那位朋友告訴你了麼？但我勸你最好不要過去，不僅滇區三大家族對那塊石頭志在必得，更有許多外國集團也在全力爭取。我不想與你為敵！」

「我何時說過要去了？」

對於方如玉的強勢，林東心裏微微不爽，冷冷說道：「太晚了，我得回去了，再見！」

方如玉看著林東遠去的背影，不知為何，有個想法總是縈繞在她心頭難以散去，她覺得還會與這個男人再見面，而再見面的時候，二人很可能已經是敵非友。

林東怎麼也想不到，在方如玉離開蘇城回滇區的第二天，他會被迫去了滇區。

第二天一早，林東還在吃早餐就接到了傅家琮的電話，傅家琮什麼也沒說，只叫他立馬趕去他家。

電話裏傅家琮的語氣非常急促，林東以為傅家發生了什麼事情，草草吃了早餐，開車往傅家趕去。

當他駕車到了傅家，傅家琮卻是笑臉盈盈的拉他進了屋。

「傅大叔，急匆匆找我是為了什麼事？」

傅家琮道：「你別問了，我在南邊有件事出了問題，你得陪我過去一趟，給大叔這個面子嗎？」

「南邊？具體哪裏？」林東問道。

傅家琮站了起來，走到掛著中國地圖的牆壁前面，用手在滇地的地方重重一點。

「飛機我已經包好了，你現在就跟我走吧。」傅家琮也不問林東是否同意，拉著他就往門外走去。

林東一頭霧水，不禁愣了愣，等他回過神來，已經在開往機場的車上了。

到了機場，傅家琮直接拉著他上了包機。林東打了個電話給高倩，高倩聽說他是和傅家琮一塊出去辦事，也未擔心什麼，只是叮囑他在外要照顧好自己。

飛機起飛之後，林東問了幾次傅家琮去滇地究竟所為何事，而傅家琮卻只是笑而不答，並且告訴他這件事與他二人皆有關，並鄭重告訴林東與他的關係最大。

飛機到了機場，便有人開車過來將他二人接走。這些人林東一個都不認識，每一個人卻都對他畢恭畢敬。

林東心裏疑雲密布，不知傅家琮葫蘆裏究竟賣的什麼藥，便又問了幾次，傅家琮仍是不答，只告訴他很快就會知曉了。

三輛越野車開了半天，漸漸遠離了城市，終於在黃昏之際停了下來。

林東睜眼一看，這地方荒草叢生，不遠處有個村莊，炊煙裊裊，而就在眼前，卻是停滿了各式豪車。這些豪車與眼前的荒野十分不諧，為什麼那麼多的豪車會集結於此？

林東心中打了個大大的問號。

「走吧。」

傅家琮帶著林東往前走去，撥草而行。

「傅大叔，你到底要帶我去什麼地方？」林東實在忍不住了，再次問道。

傅家琮此刻已收起了笑容，恭敬的道：「林東，這或許是你最後一次這麼稱呼我了，等你……。」

說到關鍵處，傅家琮忽然又住了口。

翻過一道山溝，視野豁然開朗。眼前是一片廣闊的草地，牛羊在草地上奔跑。而在這塊草地的中間，有一群人肅穆的站在一座孤墳前面。

到了這裏，無論林東怎麼問，傅家琮卻像是啞了似的，一個字也不肯說。

走得近了，林東漸漸看清楚了那些人的臉，只覺一張張面孔都不陌生，經常在各種媒體上見到他們。

天吶！華人富豪怎麼都集中在了這裏？

「來了、來了……」

人群開始躁動起來，無數目光朝林東射來。

林東只覺胸口一熱，一股暖流流遍全身。懷中的玉片像是受到了什麼感應，莫名的顫動起來。

走進了人群中，林東目光掃過，這些富豪紛紛低頭，無一人敢直視他。

林東在人群中見到了許久未見的傅老爺子，希望能從他身上打聽到什麼，快步走了過去。

「老爺子，這究竟是怎麼回事？」

傅老爺子捋鬚搖搖頭，指了指跪在孤墳前的那個老者。

「爺，我又來了，還是你最愛喝的百花釀。」跪在孤墳前的老者拍開泥封，將一罈醇香的美酒倒在墳前。

林東望著這老者的背影，再看看眼前的孤墳，直如丈二金剛摸不著頭腦。

「年輕人，過來吧，給前任財神爺磕頭。」跪在地上的老者站了起來，依舊是背對著林東。

「是在叫我嗎？」林東問道。

那老者一轉身，林東一怔，「你？」

「你還記得我？」老者呵呵一笑。

這老者不是別人，正是崑崙奴，一年前在大豐新村的廣場上賣給他玉片的那人，在此處見到了他，林東內心十分震駭。

「老先生，你能告訴我，這究竟是怎麼回事嗎？」

崑崙奴道：「經過一年的磨合，你與御令的默契度達到了什麼程度了？」

「你是說玉片？」林東道。

「就是你懷裏的東西。」崑崙奴道。

林東只覺懷裏的玉片愈加躁動，就像是匣中寶劍自鳴一般，透著說不出的詭異。

「它變小了。」林東取下了玉片，玉片現在的體積只有一年前三分之一的大小。

「很好，磕頭吧。」崑崙奴話不多，財神御令變小，這正是御令與主人高度融合的象徵。

林東磕了頭之後，崑崙奴繼續說道：「這裏埋著的是前任財神，即是上一任天門門主。你已完成了接任大典，從今往後，財神重現人間！」

林東還沒反應過來，眼前已經跪倒了一片，眾人齊聲恭賀。

「三百多年前，天門遭難，財神殞命。新門主，從即日起，你將擔負重振天門的重擔。你面前的這些人便是你在金色聖殿中看到的六十四星宿和四大天王。你是天門之主，便是他們的主人，可隨意調遣他們手中的財力。」

天王本有八個，但其中四個後繼無人，早已不存在了。

「聖盟滅我天門，關於聖盟和我們的恩怨，你從這本手札中可以了解到全部。」

崑崙奴遞給林東一本手札，拄著拐杖飄然而去。

「老先生，你去哪？」

林東話音未落，崑崙奴已消失在曠野之中。

「門主，聖盟近年來蠢蠢欲動，欲奪我中華至寶⋯⋯。懇請盟主率我等與聖盟決雌雄於南疆！」

《財神門徒》全文完

楊子俊，一個胸無點墨的花瓶之徒，一個沒人放在眼裏的窮小子，有幸參加這樣一個高層會議。本應該縮在哪個角落才對，可他面對輪番刁難和質疑，居然那樣從容不迫，侃侃而談。他幾乎全盤推翻了凱利投資公司先前花幾個月才弄出來的方案，但推翻得有憑有據。那些原本想他出糗的人簡直都聽傻了眼。他們哪裏知道，此楊子俊非彼楊子俊也，此楊子俊原本就是華爾街的弄潮高手。

二〇〇五年某天，深圳。

天空灰濛濛一片，和以往一直晴朗蔚藍的天空完全不一樣。楊子俊一個人漫無目的地走在深南大道上，此時他唯一的感覺就是失落，覺得靈魂已經完全不屬於自己了，只想一直這樣走下去，永無盡頭。

還記得當初很多同學羨慕自己運氣好，能夠在大學就通過網路結識一位事業有成而且漂亮的女朋友，畢業後根本就不需要為工作擔心，而且可以身居高位，當時他也沾沾自喜，現在看來都是笑話。

今天，一切都結束了，他已經正式和女友分手了，這家公司已經待不下去了，因為公司的老闆就是女友歐陽惠麗。想想自己還真幼稚，認為愛情永遠不變，最後才明白，所謂的愛情不過是一種衝動和激情，激情過後一切還是零。

也許歐陽也是一樣，愛對她就是一杯咖啡，只是提神而已，巴西咖啡膩了就換哥倫比亞咖啡，她最終追求的是家族的繼承權，那是數十億美元的財富啊……

想到這些，楊子俊發現自己再也壓制不住內心的抑鬱和憤怒，只覺得這個世界好像什麼都變得不順眼，突然……楊子俊扭頭一看，只見一輛帕薩特在眼前迅速放大，隨後他就失去了知覺。

二〇〇九年，紐約。

張子華直愣愣地看著眼前的一杯黑咖啡，咖啡已經冷了，但此時他的心中更是一片冰涼。

一天前，他還是華爾街最炙手可熱的投資人，轉瞬間卻發現自己已經一無所有了。該死的滙豐銀行，為什麼凍結帳戶不及時通知他，如果還能追加兩億保證金，這個時間他應該在慶功宴上和手下的基金經理頻頻舉杯吧！

歸根結底還是父親遊手好閒，居然在澳門賭博輸了六十億港幣，害得銀行凍結了他的帳戶，最終導致期貨帳戶直接爆倉。

張子華順手撿起一張舊報紙，一眼就看到標題「中國張子華，亞洲的金融大鱷索羅斯」，索羅斯？明天也許就會是乞丐了。想想自己已經三十八歲，多年來一直投身事業，兢兢業業，從大陸到香港，從香港到美國，起起伏伏，跌跌撞撞才終於有了不錯的成就，可是轉瞬間恍然如夢，一切都已經結束了，也許這就是人生吧！

沉默了很久，張子華終於起身，走到了辦公電腦前，看著紅紅藍藍的期貨走勢圖，突然覺得是如此失落和不甘心。走勢圖與自己分析的相差無幾，張子華覺得這真是一個巨大的諷刺，禁不住用手向電腦猛砸過去，嘩啦一聲，張子華覺得全身一麻，瞬間便失去了知覺。

二〇〇九年，《紐約時報》報導，著名華人投資人張子華因為公司巨額虧損，無法償還債務而自殺……一時間震動華爾街！

深圳博愛醫院五〇三病房，張子華呆呆地看著天花板。一天前他就醒了，只是發現自己已經莫名其妙穿越到了中國大陸，還附身到了一個叫楊子俊的人身上，時間回到了二〇〇五年。已經發呆一整天了，張子華現在還覺得在做夢，真是百感交集，不知是喜是悲，原來這就是莊周夢蝶啊！

通過殘存的記憶，張子華已經瞭解了一切。楊子俊真是單純而可悲的男人，一點上進心都沒有，就只知道整天陪著女朋友轉。

「吃軟飯的傢伙！」張子華喃喃地道。不過自己還得厚著臉皮在楊子俊就職的公司待一段時間，這傢伙居然沒存下什麼錢，總經理高級助理工資不低，看來這傢伙平時工資全用來揮霍了。

經過一天的思考，張子華現在是想開了，既然上天再給了他一次機會，就好好活吧，沒必要像上輩子一樣忙忙碌碌，最後還是一切歸零，而且現在自己的生理年齡還只有二十四歲，完全可以選擇自己的生活嘛！想到這裏，張子華不禁豁然開朗，因禍得福，感謝上天啊！

想通了，張子華也覺得有了力氣，立馬下床去洗了把臉。看到鏡子裏那張眉目清秀的面孔，真是覺得楊子俊浪費了一副好皮囊，這樣正點的帥哥，本來應該是自己啊，呵呵……

下午張子華——不，從現在起，他叫楊子俊，楊子俊迅速地整理了一下腦子裏的資訊，然後順利地辦了出院手續，當然也沒出什麼錢，住院費都是倒楣鬼司機付了，現在他要做的事情就是回家好好休養，明天還得繼續上班呢！

雖然楊子俊被開除了，但不管別人怎麼看，人還是要生活嘛，開除，也得要一個月工資賠償，這對現在的他來說可不是小數目哦，一萬多塊呢，開玩笑！

借助殘存的記憶，楊子俊順利地找到了以前的窩，還別說，這真是一個窩，別看楊子俊長得人模狗樣的，房間整個是亂七八糟。楊子俊只好發揮勤奮吃苦的精神整理了一下午，才勉強滿意。

打開錢包，裏面的卡不少，可是楊子俊到銀行看了，卡裏全是空的，招商銀行信用卡還欠兩千多塊，等著下個月工資還款呢，現金倒還剩兩千一百塊錢，應該夠生活一個月了吧，這小子計算還真精準啊！算了，順便到超市買一套廚具吧，自己做飯吃。

清晨，雖然太陽還沒出來，但可以感覺到今天又是一個豔陽天。楊子俊穿著運動服邊跑邊感歎，深圳的氣候可真好啊，比美國好多了，人口密度也比紐約低不少。在這樣的氣候條件下晨練，甚至都不想買健身器材了，反正現在也沒有錢。

上午八點五十分，楊子俊準時到了投資大廈，就職的凱利投資有限公司就在這棟大樓。

「小霞，早上好！」楊子俊走進公司大門，微笑著跟前台小姐打招呼。

馬麗霞一愣，滿臉驚奇，不過還算有職業素養，一句：「楊助理，早上好！」硬是憋出來了。

楊子俊絲毫不在意，扭頭就進了公司辦公室。

「大家早上好！」看到公司已經來了不少人，楊子俊順便大聲問了一聲好。

「早上好！」有幾個同事反應也還算及時，只是所有的人都難掩臉上的驚訝。

「那傢伙怎麼還來上班啊？」一個女員工悄悄對旁邊的人嘀咕，雖然聲音很低，楊子俊還是能聽見。他可不管這些，決定將臉皮厚到底，乾脆裝作沒聽見。

九點一刻，上班時間已經過了十五分鐘，傳來了清脆的高跟鞋發出的腳步聲，大家都知道，歐陽惠麗來了，老闆上班總是姍姍來遲，這是眾人知道的。大廳內立馬安靜了下來，大家瞬間變得忙忙碌碌，好像一下就進入了工作狀態。

歐陽惠麗今天起得比較早，不過她還是刻意地保持「正常上班」，這是很早養成的習慣。前兩天聽說楊子俊被車撞了，本來想去看看，後來打電話到醫院，醫生說問題不大，而且因為要忙著做下半年投資計畫，也就沒放在心上。那小子就是一個愣頭青，在事業上一點都幫不上忙，開始的新鮮感已經過了，也該散了，愛情不知道到底存在不存在，反正活了快三十歲，自己就沒有感覺到。

一進辦公室，歐陽惠麗馬上就感覺氣氛有點兒怪，一個個神神秘秘的，這讓她覺得自己是不是穿著出了什麼洋相，馬上到洗手間鏡子前照了照，沒什麼問題啊！興許是那些傢伙腦子出問題了吧！歐陽惠麗心裏嘀咕道。

坐在大班椅上，歐陽惠麗審核著投資三部經理王小剛寫的《二〇〇五年下半年公司投資計畫調整意見》。今天是一個關鍵日子，老爸要來和大家一起討論下半年公司的投資方向，估計一起來的還有大哥、二哥吧。看來爸爸還是不太放心啊，總不敢讓她放手去幹。她和大哥、二哥一直都不合，雖然就能力而言，她自認為要強於他們，但因為是女兒身，就沒辦法跟他們競爭，幸虧三哥我行我素，根本不願插手公司生意，不然歐陽惠麗就更沒有機會得到父親的青睞了。

「吱呀」一聲，打斷了歐陽惠麗的思緒，進來的是她的新助理楊蘭。

「什麼事情？」歐陽惠麗感覺到了楊蘭的不自然。

「楊助理今天上班來了。」小蘭期期艾艾地說道。

「什麼？上次開會我不是已經暗示得很清楚了嗎？暈，還真是一塊牛皮糖啊！」歐陽惠麗感覺到有點兒氣急。

楊子俊沒到公司鬧吧？像他那樣的性格，估計也沒那個膽量。歐陽惠麗隨即說道：「好吧，這事情你不用管了，我來處理吧。」

打發了楊蘭，歐陽惠麗不禁感到有點兒鬱悶，這傢伙怎麼又來了？管他呢，看他能鬧到什麼時候。他不會知道老爸要來公司，故意的吧？想到這裏，歐陽惠麗只感覺背後冷氣直冒，不行！得穩住他再說，這事要是鬧到老爸那兒就完了。

看著電腦軟體安裝提示條，楊子俊哭笑不得，總經理高級助理辦公電腦裏居然空空一片，連一款最基本的投資分析軟體都沒有安裝，甚至全球股市指數都找不到。這楊子俊真是一個草包，什麼助理，生活助理吧！楊子俊不禁搖搖頭。

叮！叮！叮！

「進來。」楊子俊頭都沒抬，正在看電腦裏是否有軟體衝突，一款行情分析系統總是提示錯誤。

只聞到一股香風飄然而來，法國香水！楊子俊第一感覺，猛然抬頭才發現進來了一個美女。楊子俊不得不承認這女人有股味道，身材高挑，頭髮烏黑亮澤，雖然妝化得很淡，但還是難掩天生麗質，一身職業裝更顯幹練，是個難得一見的美人！

這不是楊子俊前女友嗎？長得果然不錯，難怪那傢伙如此掛念。

「早上好！歐陽。」楊子俊微微一笑，可沒想跟這女的走近，自己只想混點兒工資，然後天高任鳥飛。

「早啊！」歐陽惠麗感覺今天有點兒奇怪，以前楊子俊不是這樣的，怎麼連身都沒起，不是該噓寒問暖了嗎？怎麼還大馬金刀地坐著沒動呢？而且一點也沒有前兩天的沮喪，笑得如此自然。這裏面一定有鬼，歐陽惠麗暗道，更加堅定了楊子俊可能要鬧事的想法。

「今天下班有時間嗎？我們好好聊聊，好多天都沒在一起了，也沒見你給人家打電話。」歐陽惠麗還是決定先穩住楊子俊。

「哦？」楊子俊一愣，不是分手了嗎？不過他不愧為人老成精的油條，馬上就知道這女人擔心什麼。

「好啊！前兩天有點忙，嘿嘿！」楊子俊可沒想多說，估計她找自己聊天也沒什麼好事情，十有八九是攤牌，他得抓緊時間瞭解一下市場，看來這裏不是久留之地啊！

更精彩內容請看《財星附身》之一　如獲至寶

財神門徒 之18 財神歸位(大結局)

作者：劉晉成
發行人：陳曉林
出版所：風雲時代出版股份有限公司
地址：105台北市民生東路五段178號7樓之3
風雲書網：http://www.eastbooks.com.tw
官方部落格：http://eastbooks.pixnet.net/blog
Facebook：http://www.facebook.com/h7560949
信箱：h7560949@ms15.hinet.net
郵撥帳號：12043291
服務專線：(02)27560949
傳真專線：(02)27653799
執行主編：劉宇青
美術編輯：許惠芳

法律顧問：永然法律事務所 李永然律師
北辰著作權事務所 蕭雄淋律師

版權授權：蔡雷平
初版日期：2016年1月
初版二刷：2016年1月20日
ISBN：978-986-352-078-8

總 經 銷：成信文化事業股份有限公司
地　址：新北市新店區中正路四維巷二弄2號4樓
電　話：(02)2219-2080

行政院新聞局局版台業字第3595號 營利事業統一編號22759935

定價：280元　特價：199元

國家圖書館出版品預行編目資料

財神門徒／劉晉成著. -- 初版-- 臺北市：風雲時代，
2015.04 -- 冊；公分

ISBN 978-986-352-078-8（第18 冊；平裝）

857.7　　104015647